贾平凹小说精读书系

白朗

贾平凹 著

陕西师范大学出版总社　西安

图书代号　WX24N0882

图书在版编目（CIP）数据

白朗／贾平凹著. -- 西安：陕西师范大学出版总社有限公司, 2024. 7. --（贾平凹小说精读书系）.

ISBN 978-7-5695-4501-2

Ⅰ. I247.5

中国国家版本馆CIP数据核字第 20246876SX 号

白　朗

BAI LANG

贾平凹　著

出版统筹	刘东风	
责任编辑	宋嫒嫒	
责任校对	彭　燕	
封面设计	周伟伟	
出版发行	陕西师范大学出版总社	
	（西安市长安南路199号　邮编710062）	
网　　址	http://www.snupg.com	
印　　刷	陕西龙山海天艺术印务有限公司	
开　　本	787 mm×1092 mm　1/32	
印　　张	4.625	
插　　页	4	
字　　数	70千	
版　　次	2024年7月第1版	
印　　次	2024年7月第1次印刷	
书　　号	ISBN 978-7-5695-4501-2	
定　　价	49.00元	

读者购书、书店添货或发现印刷装订问题，请与本公司营销部联系、调换。

电话：（029）85307864　85303629　传真：（029）85303879

目录

白

朗

一

这一日天上的太阳毒得如一只滚动着的刺猬，光芒炙烧尖锐，满空的云朵就流出了血似的赤红，地上虚土浮腾，惨白得又像是大火后的灰烬。行走在赛虎岭官道上的一队散乱的人马，差不多只要在一个兵卒的后腿弯撞一下，这个兵卒就要倒下去，整个的队伍也便要倒下去，永远也不想爬起来了。原本是前排的乐队在高一声低一声热闹吹打，马也有精神，队形也整齐。现在，吹鼓手的眼睛已经白多黑少，呼吸着的空气火一样辣，蜇着鼻孔。那吹奏唢呐的凸腮和暴了青筋的粗脖就在一声软一声里陷了下去，最后，乐响变成一种呻吟，一种喘息，几乎在同一刻里熄灭了，唯有一个年幼的小卒还勉强嘟地吹动一下，成为沉寂中的一声余音。这是一队衣着不整老幼参差的乌合土匪，以往的变化无常的流浪生活和近日连续的奔跑，又进行了一场残酷的搏杀，他们的面孔全都变得丑恶狰狞，得胜之后的狂热使他们在返回营寨的路上欢声如雷，但狠毒的太阳终使他们消耗了最后的活力。当听到最后一声滑稽的唢呐余音，俱被逗乐，这乐却没有声从口中发出，笑容在脸上纵横了一下皱纹即便消失。而恰在这时，有了一声很爆的笑声，朗朗地震响，遂使每一个兵卒掉过头来，霎时间都张口不能合起地木呆了。

笑声是从那一匹银鬃马背上的做了战俘的白朗口中发出的。这位狼牙山寨的大王，一代巨匪枭雄，被护颈短枷铐了双手，身上又缚了绳索，他竟还有这么清朗的笑声！致使身子俯仰，将青光头顶上的一排受过戒的香火烫印的蓝痂闪动，无法看清那戒印是十二个还是二十个，哪些是戒印哪些是太阳烤炙而成的紫血水泡。汗水就从他脸上摇散下来，滴在鞍鞯上又溅落地上，尘土里扑扑儿腾起几缕细烟了。

笑声自然使队伍骚乱了，甚至使每一个兵卒感到了骇怕，想起了这一位美若妇人的白朗大王，他的俊秀的眉目和清朗的笑声并不是可以让你联勾起一种色相的愉悦。黎明里他在酒的沉醉中被七条绳索捆住，因那缚腿的小卒动作稍不麻利，或许是看见了这一张白皙的面孔，光洁的有着戒印的头颅，错觉是尼姑庵的小尼，忍不住动手捏了一下他的脸蛋。白朗一脚踢出正击中小卒腹下的恶根上，他就当即倒地死了。他们更听到过有关白朗的英武，每当与官兵作战总有一些人淫笑着向他扑来，他并不动的，只将那一柄短枪抛上抛下如羹匙似的玩，忽一扬手瞄也不瞄地喝一声："左眼！"百米外的对手们的左眼就老鸦啄过一样成一窟窿，他就笑笑地走过去，用短刀剖开死者的衣裤割掉尘根撬塞进各自的口里了。于是，这些兵卒们都紧张起来，下意识地将手按在腰间的挎刀上，甚至使抬着滑竿的土匪膝盖僵硬，一步在石头上踏空，险些将滑竿上的黑老七掀跌下来。

"怎么啦？"黑老七睁开了不满的睡眼。

"回禀寨主，他是在笑哩！"抬滑竿的小匪指着白朗。

黑老七在睡梦中似乎也听到了笑声，回转头来，看见白朗大笑之后笑容仍在脸上保留，而自己的部下全都惊慌失措的神色，不禁恼羞成怒了。吼道："和尚雏儿，你笑什么！你以为你是坐在狼牙山寨子里吗，面对着你的大小喽啰吗？！"

白朗看着黑老七，说："是吗，真是你讲的那样，白某就该笑了。"果然又笑了一下。

黑老七几乎在咆哮了："可你现在是我的战俘，我押解的囚徒！"

白朗说："那你也就笑一笑吧，我还没见过黑寨主的笑脸呀！在七星镇的局子里你呼红叫绿地赌掷，输了筹片不付钱，债主向你讨要你不言语，一巴掌原本要扇出你的话来却扇出你口里的一枚铜板，你那时没有笑过的。你做了寨主，抬着虎皮鹿肉来狼牙山朝拜，我让你坐在那一块冷木墩上，你也是没有笑过的。散发纸烟偏又不散发给你，我记得你那时还是没有笑过的。今日你报了木墩纸烟之仇，你真是该笑一笑了吧？"

白朗说着的时候，声音还是那么的柔脆，美目飞动，和颜悦色，甚至说完了将头偏向一边，看着乐队中的那个吹奏了唢呐余音的年幼的吹手，为他头上戴的干枯了的柳条帽圈和额上贴的薄荷叶片所乐，便把一只好看的右眼那么一睐。年幼的吹手静静地听了白朗的话，他已经不觉得这个枭雄白朗——不，都叫着是白狼——的恐怖，反觉他和蔼可亲了。他是听得懂白朗的话的，知道赛虎岭十二个山大王最厉害的一个大王在攻克了官府管辖的盐池后于狼牙山摆酒宴的情景。那时候，他跟随着他们的寨主最早一个上的狼牙山，却等待着另外十个山主都到齐了坐在熊皮圈椅上，而他的山主却只坐了一个木墩。那一阵的白朗武功是多么卓著，第一个在赛虎岭竖起王旗，又独自一家攻克了盐池，谁不在欢呼着他王中之王呢？可他出来接待众山之主，着的是一件白色的团龙长衣，蹬的是一双白色的深面起跟鞋，持的是一把白绫竹扇，他愈是把自己打扮成素雅的风流倜傥的秀才模样，愈使所有的人为上天偏把一身超群的武功和一副绝伦的容貌造就成一人而感叹了！白朗哈哈大笑，他并不一一回礼众王，亦不设了烟灯烟具让来宾过足一顿烟泡的瘾，而是朗声高叫说他得到了盐监官的香烟，要让各位开开眼界，尝个新鲜。众山主是听说过这种香烟，但未见过更未吸过，一齐睁开了双眼等待狼牙山寨主来发散了，白朗却没有走过去，依然站在高石台上，手一扬，空中数道白光，一根二根纸卷的两头一般粗细的烟支竟端端立裁在各人面前的桌子上。在座的十一个山主站起来十个拱手致谢，唯独黑老七没有站起，因为黑老七面前的桌子上没有香烟，一张油汗的肥脸由红到白，由白到黑，末了将一口唾沫吐出来，唾沫里有了一颗咬碎了的牙齿。作想着这一幕的年幼的吹手此时万没想到这做了囚徒的白朗，现在仍高傲不逊，气宇不减，这才是大英雄的风范，做人就该做这样的人杰！遂也以右眼眨眨来回报了马背上的那一位白面和尚了。

黑老七看见了两人的动作，他愤怒着喝令年幼的吹手到他滑竿前来，一伸手啪地扇去个耳光，同时叫道："把绳拉紧！鼓乐齐鸣，让赛虎岭所有的山头都瞧瞧，谁个才是王中之王！"

银鬃大马左右的四个兵卒同时努力，那缚在身上的四条大绳即被扯紧，纵然马能被他的双腿暗中加劲倏忽脱奔，绳索亦会扯石夯一样拉他下来。立时白朗像一截木桩被四方的力量固定在马上，一丝也不能动了。

队伍继续前行，僵着身子高坐在马背之上的白朗被夹在队伍的中间，他们经过了赛虎岭最高的一段山梁道上，队形就衬印在火红的天幕上形成巨大的剪影，使得散居于沟岔的山民，远处在以石以木修造的寨堡上远眺的土匪，都产生了这支队伍的统帅并不是黑老七而是狼牙山寨主的感觉。最后，这种感觉连白朗自己也有了。多少年里，在百里方圆的山地上，他和他的一帮大小兄弟踏遍了每一条沟岔里的每一块石头，杀恶人，劫豪舍，突然地敲开某一家财东的双环大门，便将雪光锃亮的钢刀扎在桌面上，看着那主人从夹墙里地窖里搬出铜银细软，尤其是摘下了主人的茜红色的包巾，剥下姨太们绣花小鞋，出得门来连同那一半的银铜沿村街天女散花般地向穷人撒去，那是多么痛快的事体！而又在某一个风高云低的黎明，大块地吃了肉，大碗地吃了酒，领人层层喝开寨栅，踅出围墙，下山岗，突袭到官府驻扎的众小校营房布幔，见人杀头，遇马砍腿，让污血扑扑地溅满一身，而刀挑了用铁丝串起的二十个三十个耳朵在山坡上论功行赏，那场景是多么辉煌奇艳！可是，那时候竟疏忽了观赏这壮丽的赛虎岭风光，甚至连这么想过也不曾有。现在于马背上看万山起伏，深若大海，赤日的腐蚀之下，红如炉铁，那沟沟岔岔滴流的溪水又如血道，白朗的脑子里就要浮现起魏家坪姚大掌柜脖子上的红蚯蚓了。是的，那也是这么一个晌午，家存万贯的姚大掌柜正纳一房小妾，一顶花轿才抬进门，他便领着人马踏进去，瞧见了花轿里坐着的是一位何等娇艳的少女，而姚大掌柜却是满口没齿的枯丑老头，不知出于一种什么原因，他白朗冲上去先一巴掌扇了老朽在地，再提起来逼要起财物，对看见了吓得惊叫一声就昏过去的少女竟产生了无尽的同情，说："把她抬到后房吧！"奸诈的姚掌柜一面捣米鸡似的伏地磕头，一面却暗示了家人偷溜出去通告镇上的防守官兵，财物还未到手，村口的众兄弟就与官兵血刃起来。他那时怒从胆生，令把姚家十二口男女杀得一个不留，再拿刀慢慢割姚大掌柜的脖子，那血就红蚯蚓一般往下流了。那景象好是刺激，以致多少年里在睡梦中看见，醒来也激动得浑身颤抖。也就在杀了姚家，开仓放粮，扬扬得意欲回山寨时，刘松林，他结拜的兄弟，狼牙山的二寨主，却从后房提出来了那被纳的小妾，说："大哥，这个就归你了！"他白朗又看了一眼少女，少女实在美不可言，但他把手挥了："她从哪儿来，让她回哪儿去。"刘松林叫道："那你把她放到后房干什么？知道了。大哥是和尚，不要女人，兄弟就拾掇了！"他训道："我说过了，让回去就回去！"三寨主陆星火跳过来大叫："这么个好东西咱不要也不能让别人享受了去，我一刀劈了也痛快！"一把便撕开了少女的上衣，将半身雪白如凝脂的肤肌暴露出来，刀尖已要划开她的双乳了。白朗是一茶壶击过去，打落了陆星火的刀，说道："咱虽是土匪，杀人也不能乱杀，她是姚家抢来的妾，可现在还不算姚家的人！"竟一手牵了陆星火就往外走。可是，就为了这一场事，刘松林和陆星火埋怨了他数年，甚至讥笑他是和尚出身不娶女人，又面如美妇，对女人就下不了手了！可是，又有谁能想到在多少年后，又是为了女人的事坏了他们兄弟的大业，将一个好端端的威武不可一世的狼牙山毁掉呢！

由艳阳之下的赛虎岭的风光使思想浸沉于那一个少女而悲伤起来了的白朗，在摇摆了一下头颅，欲要把挂在眉上的汗珠同烦恼一起甩掉，却也为结拜兄弟的讥笑不以为然了。白朗是和尚出身，这他并不忌讳，且一直光洁着头颅，但要说面如美妇，对女人就下不了手吗？他想起了七岁时在安福寺里做一个小小的和尚，是经历了十年青灯黄卷的寂静，一心要于佛门修成正果，而在他发现了住持造了佛像前的暗坑翻板跌翻了前来烧香供佛的年轻女子藏于地洞行淫的事后，在一晚课诵经之后住持将一根恶肉企图放在他的体内，他怎样地吼叫着跑出寺院告发了罪恶，又怎样在怒不可遏的村民捣毁了寺院之时，又是他亲自钻入地洞，扼死了那些匿藏得太久，已不能露面活人的女子，再将住持活埋于地上只露出个头来，驾了马拉的铁耙耙碎了淫贼的脑袋，而使安福寺从此人称耙头寺的。那时节，他白朗才是十八岁！做和尚他是正经和尚，即使后来县署的知县与住持有私交，为了替住持报复，以他不能扼死那些无辜女子为罪而要捕杀他，他一气上山落草，落了草也正是从此开始了他的一生惊天动地的事业啊！可你刘松林，可你陆星火，却又是干了些什么呢？！白朗一怒气把眼睛闭上了。

正午的太阳现在已是滚到了头顶之上，它似乎缩短了与这支队伍的距离，人的影子，马的影子，由大而小乃至全然没有，鼓乐的吹打也不知在什么时候又一次停息了。马背上的白朗感觉到，不停地有人将包袱什么的勾挂于鞍鞯下的蹬坠上，企图让马代驮，马却在不停地甩动着长尾，包袱什么的就脱落下去，而立即被只只杂乱的脚踢到了路旁，开始有了低声的叫骂。可怜的押解着白朗的兵卒，原本是各人的背上都带着抢劫来的包袱，或是一件柞绸袍袄，或是一双可以供其在家的老母穿的粽形小鞋，或是项链、巾帻、铜盆、火纸、茶壶，在吵闹叫骂中把被踢掉的东西又捡回来，捡回来了又负担过重，终于力不可支，自骂自己"好贱"，再骂一声"破玩意儿"，遂又抛去。一时间人人都相互感染，把乱七八糟的东西一件一件都扔去，只将那些银钱袋子系在湿淋淋的裤腰带上，发出叮叮当当的繁响了。一把白铜的尖嘴细腰的酒壶还挂在一个小卒的背带上，有人就不允许他留着，催他扔掉，小卒不忍，但无法抗拒，摔在地上却用脚狠踩，说："我不能拿，谁也不能拿的！"一脚再踢飞到草丛中去了。白朗在喀嘟嘟的踢声中把眼睁开，看见了那一只踩扁了的酒壶，认得了这是他在盐池喝酒时用过的那只，见壶思酒，好杯的白朗五脏六腑就翻腾起来了，几乎同时间也闻到了酒香。是酒香，一点不错！白朗巡睨着马之前后的兵卒，兵卒并没有喝酒的，却皆在拿一种渴馋馋的目光望着前边滑竿里的黑老七而腭下陷下坑儿来了。黑老七是在喝酒了，他已脱了上衣，一胸的黑毛，仰头将一只葫芦里的酒往口里倒。但是，一看见黑老七的嘴的四周的短胡上沾满了酒里的红汁，白朗的脸第一回惨白了。在盐池的池神日神风神的三神殿里，正是他下令众兄弟一醉方休，才使反目为仇了的黑老七偷袭得逞，当他醉得玉山倾倒，一个小兄弟踉踉跄跄跑来报告黑老七的人马围了大殿杀了许多兄弟，他白朗还在说：你也喝醉了吧？！可黑老七就进了屋，几条绳索捆翻了他。待他清醒来，黑老七正拿着一颗艳红红的人心刀划了往酒葫芦中滴，那个小兄弟开了膛倒在地上……

思想到这里的白朗，顿时失却了喝酒的欲望而英雄气短了。强烈的阳光蒸着万山丛岭，满世界里似乎有丝丝缕缕的白线在晃动，苍苍莽莽的浩叹中，他极力将目光向天边望去。那一片火红的山峦中突兀的峰柱是他的狼牙山吗？是的，隐隐约约的用青石条砌起的寨墙还在，粗木搭成的可以瞭望众山头又可以燃了狼烟召呼众山头的信号架还在，便是那一座天元寺的石塔还巍峨不倒啊！唉唉，怎样的一个英雄的白朗，叱咤风云了十年，官府没有拿下他，十个山头上各有绝技的山主没有伤害他，而是自己最看不起的地坑堡的黑老七，在自己保卫了赛虎岭也同时保护了地坑堡的今日反算计了他，这最是白朗不可思量，尤感愤怒随之莫大悲哀的事了！这个时候，白朗真的后悔起不该在攻克了盐池又离开狼牙山寨去盐池的三神殿。他想起了离开耙头寺落草之后，他的声名是多么震响，远近都在传扬着一个叫白朗的和尚。但将白朗却转音为白狼，他先是讨厌了，找着一位算命的老妪推算八字，老妪却说叫白狼最好，要成大事就去占据赛虎岭的狼牙山，占狼牙山则吉，离狼牙山则凶。他上了狼牙山安营扎寨，果然事事顺利，且山上的天元寺虽寺毁而有塔存，也合于他这当过和尚的人的心意。此塔为五百年的古物，二百年前地震裂成两半截，就在他上山后的又一次地震中塔竟裂而复合，这奇迹的出现也遂使他威名更远，谁一望见那塔也要不寒而栗。他在他的寨上插着大旗，旗面上就用白布绣着一个白色狼头，而他的大小数千名兄弟的衣襟上，也皆缀有狼头标志。但是，他为了把官兵更远地赶出赛虎岭，为了不让盐池被盐监官统治而使所有的贫民都能吃上盐，做盐的生意，他忘记了老妪的叮咛下住到了盐池来，才遭到了黑老七的暗袭。黑老七，算是什么东西！如果这次没有离开狼牙山寨，即便山寨上再没别人，单凭他一柄短枪，黑老七的人马能攻上来一个吗？即使他去了三神殿如果不喝得酩酊大醉或是喝醉了不将短枪挂在柱子上，黑老七能近得身吗？在他被擒的昨晚，也就是在黑老七手刃小兄弟的那一时间，三神殿剧烈地抖动了，门环摇响，窗纸崩裂，他估摸着这又是地震了，遂大笑着这是天意，也大笑着他将和黑老七一块在房舍的倒坍中死去，但随之一切又恢复了平稳。这阵做了囚徒的白朗，在马上遥望着狼牙山上的天元塔，吃惊的竟是一塔分二，早年复合的塔身又几乎是从塔底裂开，犹如两柄刺天的刀剑！好呀，这全是兆应了，他是不该离开狼牙山的。可是，塔裂而根不倒，他白朗的气数并没有尽吧？长了志气的白朗精神为之一振了，在心里骂道："黑老七，狗贼！你能把我怎么样呢？狼牙山寨的人死的死，散的散，但只要我白朗还在，你就瞧着吧！"

就在白朗耸了耸肩，愈发挺直身子的时候，山梁道的两旁陆续围观来了一些百姓，他们的长舌往日在传播着枭雄的武功，想象着他是一位凶神和恶煞，夜半狗咬就以为是他进了村，某人被杀也以为是他所为，以至于相互咒骂了，骂了绝死鬼的传死鬼的龙抓的熊挖的就也要骂出门碰上白狼的，连孩子们的啼哭不止唬一声"白狼来了"，啼哭也顿时噤声。如今听说白狼被擒，骇惊之余就都来围观，全不顾兵卒的喝斥使劲往近挤，要清清楚楚看这位快要横尸的枭雄是怎样的一个狰狞面目，但他们差不多在瞬间里失望了疑惑了甚至多少有了一点愤慨。

"杀盐监官的难道就是他吗？白狼哪儿能是戏台上的小生呢？！"

"他还是个和尚呀！"

一个女人就尖声叫起来了："瞧呀，他那光亮的额头和高耸的鼻梁以及丰润的嘴唇，妇人也没这般俊俏呀！"

"是吗？"旁观的人群中有着闲汉，为着女人的轻狂而嫉妒了，"老板娘，你也是想着能和他睡觉吗？"

"睡觉又怎么着？！"女人低声咕嘟了一句，拨开人群撵着马的步伐看着白朗，便伸手将头上的一枝已经枯干了的野蔷薇拔下来，斜倾了身子企图在马匹稍偏过来时丢上白朗的腿上或马的银鬃里。但兵卒在她的屁股上踢了一脚，把她踢倒了。马背上的白朗似乎听到了围观者的议论，但他并没有注意到这个女人的媚眼和已经探出在口唇处的舌尖，当那朵丢过来的野蔷薇在他眼前一晃落到地上去后，他听见了黑老七在粗声叫喊："把他的脸抹脏！用泥抹他个三花脸！"刹那间一片寂静，没人敢挖了泥来涂抹，但随之四面八方飞来了虚土，他眯着眼睛扫见了兵卒和那些围观的闲汉都抓了尘土向他掷来，落粘在他的汗脸上，只有女人在嘤嘤地哭了。

瞬间受到污辱的白朗将双目紧闭了，睁开眼来，一只几乎是涂上了炉火一样的光泽的苍鹰从空中掠过，原本要作一个勇敢的俯冲，却寂然地停伏在一块突兀的岩石上如一疙瘩树根了。这一景象恰被白朗看得清楚，心中不免被尖锐之物所刺，以鹰而自比了。就是这鹰曾经驮着朝霞飞度过万重山吗？曾经呼啸着从高空冲下抓住了草丛中的蟒蛇，又从高空绳一样将蛇摔死在石板上吗？但它热浪下伏于崖头，非凡的勇猛与它不符，而如果它受伤坠入谷洼，兔子又会怎样地撕咬它，蚂蚁又会怎样地爬满全身？！而那些参与了抓土弄脏他脸的围观的人们继续捧着队伍走动，且开始了大声欢叫着："白狼大王！白狼大王！"白朗在一阵痛楚之后心里泛上了一层清傲之气。他想，这些人并不是要污辱了我，他们看到的这个汗水搅了尘土形如恶豹之脸的白朗才是心目中真正的白狼枭雄而心理满足了。可不是吗，在他往日威风下山，带领了大小兄弟冲向官兵阵营，刘松林和陆星火也常要他戴上一具凶丑奇异的面具的。白朗就在这此起彼伏的欢叫中把头颅仰得更高了。

　　黑老七终于喝令兵卒将围观的人赶散了。没有了围观人的刺激的这支解押的队伍又完全沉于寂静，急促地喘息，叮当的钱袋繁响，同时在没死没活的矮树上长嘶的蝉叫声里，兵卒们感觉到被太阳晒瘪将要一个趔趄跌倒再也爬不起来了。在看着他们的山主又在喝着葫芦里的血酒，就有人喊了声："杏林！"皆口耳大睁，急应："在哪儿？""在前边。"杏之解渴使他们的脚步加速，但赛虎岭哪儿有杏林呢，就是有一片杏林，在七月的天气里树上哪儿还会有可口的杏果呢？被搞蒙了的兵卒在快速了半里之地后醒悟过来，开始咒骂起多嘴的某一位了，甚至动起手脚，结果就有三个和四个厮打起来，将枯了叶的柳条帽摔掉，将拳头擂到了腮上，血和断折的牙齿吐出来，而裤腰带上的钱袋就从力小的身上系到力大者身上了。他们如驴打滚一样在这样的厮打中恢复着活力，在流血和抢夺的刺激中消除了疲劳，连黑老七也不斥责，反倒偷目而视。山主的放纵使兵卒更加松懈起来，终于在走到一处叫二岔崾的地方，唯一的一处小小的细泉，而趴过去吵吵闹闹喝饮了。泉是在土穴中聚了一个浅潭，沿潭下注一道流渠去了山下，潭的四周连同流渠就苍蝇般地趴满兵卒。得到水的喝了一捧又一捧，有的干脆将头埋进长饮不起，未喝到的就从身后往前扑，人垒人高，下边的爬不起来，抓泥往上扬，性急的便跳进潭去双脚乱踩，水成泥浆，一时谁也不能再喝了。在白朗的马的前后左右各拉持绳索的小徒腮根不断显出小坑，但重任在身，他们不能前去渴饮，白朗就说话了："放开绳，你们也喝去吧，我不会跑掉的。"

四个小徒疑惑地看着他，不相信这是真实，愈发用劲拉直了绳索。半路上被惩罚了的因挨山主的巴掌肿了腮帮不能吹唢呐的那一位吹手，恰已换作拉绳中的一个，听了他的话，终于说："白狼大王，我们知道你是不会为难我们的，我们把你缚在石头上，你可不能跑呀！"

白朗说："好的，把马的缰绳也缚在树上吧。"

四边的绳索和马的缰绳分别缚系在石头和树上，小徒们喝水去了，待捧着滚圆的肚子过来，那年幼的曾是吹手的竟以一页槲叶折成小斗盛了泉水来搭在他的嘴唇前，白朗的眼睛潮湿了，看着一边往下滴着，斗里愈来愈少几乎只剩下一小口的清水，他说不出话来。小徒说："快喝呀，要漏完了！"他把嘴凑上去，但叶斗的水却已漏完了，但他对这个小徒无限地敬爱，说声谢谢，还挤眨了一下右眼。

"我曾经是要去吃你的粮的！"小徒突然低声说，"三年前我就在这儿看见你领着人从那条沟走下去的，我去攉没有攉上，后来黑山主的队伍过来了，我才跟了他……"

三年前？白朗搜索着记忆，觉得这一条小沟他似乎并没有走过。他说："从这里下去的小沟是什么名字呢？"

"是羊肠沟，大王你记不起来了吗？那是一个傍晚，才下过一场雨，西天上烧起一片红云。"小徒认真地说，遗憾地耸了几次肩。

"这条小沟可以通到盐池的西禁门吗？"

哦，白朗终于记起来了，是有一个傍晚，他率领部下企图去山下的盐池攻克西禁门的，但那次他们是失败了，西禁门外的巡马道上的巡夫发现了他们，十里长的护池墙上的烽火台节节引动了一柱狼烟，盐监的兵马严阵以待了。但是，也就在又是三年后的一日，即前七天里，白朗的人马摸黑赶到了盐池外，偷渡护池河，隐蔽于巡马道，将长长的绳圈套住了每一个巡逻而过的兵卒的脖颈拉下马来，直到兵力冲进西禁门和东禁门，刘松林和陆星火于兵营收拢所有的刀枪，一声呐喊将赤条条的官兵从床上拉下逼进一畦盐池水中时，他白朗也冲进了盐监的府中轻而易举地把盐监的头剃了。这一夜是何等的壮观，所有的盐工从睡梦中惊醒，也拿了铁锨、木铲、卤水斗子参加到他们的队列，到处是燃烧起来的火光，随处可见官兵滚落的头颅，驻守在北禁门和南禁门的官兵见大势已去纷纷逃散，十多里的盐池内顿时齐声呐喊，有锣鼓的敲锣鼓，有鞭炮的放鞭炮，甚至将所有的盆盆罐罐、簸箕、木板也敲打起来，直至天明。天明，四村八乡的百姓推开了十二处护墙蜂拥而进，他们在那一畦一畦盐水池之间的晒盐场上，扒开了盐堆上的一层泥盖，将盐块用驴子驮，用口袋装，用篮子提，连穿着开裆裤的小儿与没齿的老妪也在怀抱五块六块盐来往不绝。白朗那一时是骑了马在人群中巡走，为这种抢盐的场面所万千感慨了。守着这天然的宝池，盐池四周的百姓却终年没有盐吃，成百成千的盐工一旦被抓进这护池墙内就一辈子不能出去，在这里造盐，整车整车白花花的盐运到县城，又运到京城，而百姓吃盐反以高价购买又同时负担着沉重的盐课。现在忙乱抢盐的人们看见了天神一般的白朗骑马走过，他们齐压压跪下来给他磕头，不怕巨匪，枭雄万岁，许多青年壮年就要投他而去，吃粮上山。他记得一个老妪并没有抢盐，而和一个青年拿了小镢在一畦退了水的盐板层上认真挖掘，后来就以头巾包裹了来到他面前。老妪说，她七十了，她的儿子十年前被抓了盐工再没回家，攻克了盐池母子才相见，她万万没有想到在她活着还能再见到她的儿子！"菩萨大王，我寻着了儿子，儿子要我们也去抢些盐，我没有去，我要他快挖些盐根子，我儿子是懂得盐根子的，这盐根子是药，有什么病病灾灾的吃一点就会好的！我母子挖寻到这一点，菩萨大王你收下吧！"他接受了母子的礼品，纵马在池畔上奔跑起来，得意忘言了的白朗啊啊叫着，他为着天水相接的一畦一畦因盐之浓淡度而池水红黄绿蓝白呈现的奇丽的色泽发狂，也为着自己的惊天动地的英雄业绩而发狂。他仰天大笑，从马背上竟摔到地上，在池水里也想看一看这英雄就是他吗。水面上一张俊俏之脸正对着他，想到了老妪的"菩萨大王"动听的称谓，不禁在心里说：历史上多少名留青史的英雄豪杰也莫过如此吧？而哪一个英雄豪杰又是有着如菩萨一样的花容月貌呢？！

但是，但是，想到了这一幕的白朗心中隐隐地作痛起来了。攻克了盐池，雄心勃勃的他预想着下一步怎样地蓄集力量再扩大地域，怎样去联合十一个山头共同发兵攻克县城，要使这皇天后土之下的县境完全是另一个天下，却一切都被女人牺牲去了！女人，女人，白朗在心中叫道，女人真是英雄的罪恶吗？就在他陶醉于盐池风光和自己的英武的时候，刘松林和陆星火策马来说他们在三神殿的盐监家府里将三十二口家眷全尽杀戮，只留下两个如花似玉的女儿，那女儿实在长得美妙无比，他们也要像大哥一样不忍杀掉，但要求大哥允许他们将那雌儿做了他们的夫人。白朗当然是不能答应的，他分析着攻克了盐池，官府肯定要从外地调集兵马来收复，官府丢了盐池如同丢了命根是不可能这么容忍失去敛财的盐课的，那么，一场恶斗还在后边，若有了家室，迷醉于女色，而上行下效起来，狼牙山寨还会像现在这般战无不胜吗？狼牙山寨之所以能战无不胜，凭的并不是兵多将广，而是一个强似十人的彪悍。再说，咱们杀了盐监官满门，只留下他的女儿，这女儿能俯首顺从地做了仇人的夫人而生儿育女吗？刘松林、陆星火却不以为然了，他们浸淫到女色之中，只强调那女儿的美丽人间少有，说他们上山落草难道就是当一辈子光棍不成！今生今世虽是没了好的声名，亦不能当官做宦，但大碗吃酒大块吃肉拥抱美人却也不枉做了一世的山之大王！他们甚至说大哥出家之人，十年的吃斋念佛青灯打坐当然没有了肉色之欲，可他们是能吃生肉能喝生血的混世魔王，怎么忍受另一种的饥渴？上一回杀进姚家要留下那美女子大哥不允，如今若再不允，当和尚的哥哥可以不要儿子孙子，但他们的种族的香火要续，不愿做一个绝户鬼的。两位兄弟的话使白朗异常生气，他白朗，当了和尚真就如阉割了的宦官再没有七情六欲吗？有清眉秀目就必是在那一方面无能无耐是一个伪男人吗？他说之以理而两个兄弟不能听进去，他就发了脾气，命令去将那两个女子提来当众砍了算了。刘松林和陆星火灰沓沓地走了，他们并没有把女子提来，却分别携着远走高飞了。正是于此，狼牙山的实力大减，也正是于此，好强的白朗偏要在狼牙山摆酒宴又在酒宴上戏弄了黑老七，又为着意气再次到盐池去观看盐工们在三神殿新塑的又一尊他的神像，而落到这步田地了。

"刘松林，陆星火，两个没出息的东西啊！"

白朗在心里千百万次地咒骂起他的结拜兄弟了。如果要论仇恨，白朗最感伤心也最不能饶恕的倒不是黑老七，而是刘陆二人！当年他们在狼牙山相见，跪拜于高山之顶，风送松涛，杜鹃啼血，说定了生不同时死则同穴，原来这一切皆小儿的信口雌黄？！从狼牙山起根发苗的三个人，千辛万苦才发展到数千人马，杀出了清平的赛虎岭，攻克了偌大的盐池，闹得石破天惊，到头来为一个女人就什么也不要了？一直不以土匪自视的白朗不禁在感叹着狼牙山寨还确确实实是些土匪了！啊啊，世界上原本是更多的人可以干一番大事业的，就这样常常被金钱、地位、女人和狭小的意气所毁于一旦了！

心绪翻腾不已的玉面英雄，扭动着头颈再一次看了万山涌伏的天边，看了一眼在艳阳辉映下迷迷蒙蒙的狼牙山寨中的天元寺塔，和山下那一带闪亮的盐池水面，欲再呼出一口英雄浩气，却先有一颗大而热的泪珠落了下来。

二

第二天醒来，白朗已是在一间很净洁的房间。四面的一人多高的长形花棂窗上糊上了麻纸，经朝阳的照耀亮而发红，自己和衣躺倒着的则是在一面铺了张虎皮大毡上的一领竹皮凉席上，那有双耳的青花瓷罐歪在床首的桌面，桌面上摊流一块并未晾干的酒渍。他约莫记起昨晚的子时被带到了这里，然后就有人抱了酒罐进来，不说一句话地出去了。白朗猜想这是到了黑老七的巢窝地坑堡，却不知这是一个什么样的地方，又是怎样走进来的。这些，白朗全然不管了，他看见了酒，就只图吃个痛快，竟抱了瓷罐一大口一大口灌下去沉沉大醉了。他爬起身要坐起来，一阵哗啦啦响动，原来手脚上现已锁上了铁链，且链长异常，可以自由活动却不能腾跃飞奔了。酒醉之后给他戴这么长的脚手镣铐，看样子，赤手空拳的一个他被关在了地坑堡的巢窝里，黑老七仍是恐惧着他，白朗不觉间很得意了。

白朗再一次抱了酒罐，饮干了剩余的残酒，脑袋愈发清楚了，抖响着镣铐将花窗一扇扇打开朝外瞧看，才知道他是在一座三层高的诵经楼的顶间。地坑堡确实是在一个地坑里，赛虎岭至此特出层岗，复坡垒垒，下垂至山麓忽陡而洼，形成了下陷二十米三十米齐棱棱的东西长约四百米，南北千米有余的圆形坑状。在四周的土塄上，寸草没有生长，光溜溜连兔子也没法跳下来吧，且在外塄上修筑了约三米宽的高墙，每隔一米又一土堡，站立了一个持刀兵卒，而在堡墙外的远远的东西南北四角恰恰自然形成了四个不高亦不算低的土峁，都驻守了瞭哨警卫的喽啰。白朗没有来过这里，却早听说黑老七占据的是一位曾在某朝某代的翰林晚年归隐的宅居，它虽不能像狼牙山那样遗世独立，登山口上一夫把守万夫莫开，但他现在看到的这种以深求高，于坑洼的南边斜着凿出一洞出入，用大青石修建的堡门楼一旦关闭，也可谓是一个固若金汤的好堡寨了。堡内的屋舍分为七进连环大院，有泉亭，有家庙，有祠堂，这一座诵经楼破旧是破旧了，但顶端檐角齐整，风铃犹存，那佛龛，那案桌，那香炉蒲团青灯檠盘佛珠磬碗还一揽堆集在墙角，白朗不觉想到不识一文的粗莽黑老七住在这里倒比更多的赛虎岭的山主们有几分斯文，也有几分滑稽了。但白朗疑惑的是，黑老七将他押解来，即使不让他很快死去也该下到地牢里，放入冷窟中，好好羞辱折磨他的，却使他住在了地坑堡最风光的楼上睡舒适的床铺且有酒吃，差一点是要让他回到往昔的和尚生涯了！他仔细地察看楼下每一进深宅大院，不知道黑老七是居住在哪个院里，而楼下的周围站了三排武装的兵卒，很显然，这是来看守着他的。哼哼，黑老七，白朗在狼牙山是王中之王，今日做了你的囚犯，你还得让老子住在高处，视老子如神哩！

白朗在暂时满足了一颗高傲心性后，到底临窗凄凉了。他白朗毕竟不是来做客的，毕竟已不是佛门的弟子，英雄一世的山大王可可怜怜被戴了铁镣囚在这孤楼上，即使不是囚徒，一个在血与火的搏杀中培养成的他也不可能同闺女一样静处幽室啊！窝巢可以使雀燕栖身，而苍鹰在长空才能任性，白朗一时羞愧蒙面，豁啷啷将手脚上的长镣提起来，他要对着那砖砌的墙壁撞去，要结束一颗不屈的头颅。

就在他斜偏了身子一头撞击之时，他停止了，似乎听见了他脑浆四流地倒在地上时，黑老七进来了，踢着他的尸体狂笑：这就是王中之王？就这么死去了！知道要这么死去，何不让我在盐池用刀成全你的英雄之名呢！这话是那么响亮，声声震击着白朗的大脑和心脏，觉得这样死也真是一种屈辱了。且由此觉悟到，古时多少英雄豪杰在战败后引剑自刎，以为死得壮烈，其实这何尝不是一种自我的逃避呢？而后人的这么论说也是一种可怜的怜悯罢了。他们的自刎，生命在最后一刻里肯定是有了我白朗的这种思想，只是一切都来不及了吧？何况，如果死在战败之后也还勉强说得过去，而自己败之于酒后，再没有寻死的机会，被解押来让成千上万的人目睹了最后再自杀掉，那就是更十分地窝囊了，人们会说白朗受不得折磨受不得羞辱而自杀的，那算什么能屈能伸的大丈夫英雄呢？！

白朗重新回到床上，将脑袋勾起坐了，伸手来搬动桌上的酒罐看里边还有酒没有时，门被突然很响地推开。白朗摸酒罐的手收不回来，索性僵直在桌上，而将目光硬盯在一个固定的地方，作出了凛然的傲慢的神情。来人在门口几乎是迟疑了一下，接着有软软的起落声，木板的地面发出吱吱咯咯的节奏，同时有一股浓烈的香气袭来，白朗的鼻子禁不住皱动了，心里叫道：来的是个女的？

如若进来的是黑老七，一身武人装束，挎了大刀，提了曾是他的那柄短枪，或者换了一身绅士的宽敞绸衫，端了青瓷弯嘴茶壶，白朗这一时是要霍然而起臭骂的，说不定要将偌长的铁镣摔打过去，勒了他的粗短肥脖看那眼珠进出来舌头吐出来的死相，但进来的却是女的。和尚出身的白朗虽然没有垂头念了阿弥陀佛，却也一时不大自在，泥塑一般固定了身子，眼睫毛则在微微颤动了。

"大王昨晚睡得可好？"女子走到白朗的面前，娇滴滴地说着，同时矮了截身子双手按在胯下道了个万福。

　　白朗没有回应，当然也没有去看这女人的眉眼，而眼前却是一团翡翠的绿影，猜想着这是黑老七的丫鬟。他被带到这楼顶来，黑老七是不敢来面对他的，那么，这房间是丫鬟的布置了，这昨夜的酒也是丫鬟所放了。她竟称我还是大王，还给我道万福？！女人却惊叫了："哎哟，早听说大王好酒，果然将一罐酒一夜间都喝了！既然大王海量，这一罐要是再喝完了你吆喝一声就是。这一碟牛肉不知够不够大王的早餐？"白朗还是没理睬，目光盯在墙壁的一角看起那一只系着细丝努力下坠的蜘蛛。女人却偏偏地站在他的眼与墙的中间了，香气更是强烈地刺激他鼻子了，白朗出着粗气，兀自将目光高移屋顶，更听见着女人异样的笑，声声颤软如莺。而她在取了没酒的罐子又换上盛了酒的罐子，宽大的软缎袖口甚至滑腻如脂的玉腕竟在骤然间触贴了他搭在桌沿上的手，说句："大王真是傲视一切，做了囚徒也不肯看看我们这些人的。"遂向门口走了，咯吱吱的软步一路渐渐消退。女人一走，僵硬了身子的白朗终于揉了揉鼻子。从女人的香气里，脚步里，白朗何尝不想看看这地坑堡里的丫鬟呢！当年在安福寺他是目不近女色的，到了狼牙山，寨子里也从不纳一个女流，黑老七这里却有伺候的丫鬟，丑陋的黑老七倒是好色，可凭他的模样，这里的丫鬟又能是些什么行状呢？回头来往门口那么一瞥，不想目光相遇的，竟是那女人并没有离去门口，恰恰正媚眼而视，立即绽一个娇艳艳的微笑哩。

白朗一下子感到自己的下作了，目光一滑而过到了别处，心里差不多却震惊起来：这丫鬟头上梳了多高的发髻，插一支银打的凤头花钗将一串碎珠怎样地颤巍巍摇晃，一领墨绿隐花软缎长袍紧而不绷地裹了身子，突出的胸位和臀部之连接处，细软几欲一握，最是那粉脸一团，笑脸活活，酒窝浅浅呀。年轻的白朗虽不迷色却阅过的女人不少，还从未见过如此之美妙的！

"大王，你要给我说话吗？"女人趁势献着殷勤又说了。

白朗下了决心，再次塑造自己的孤傲，完全是一尊侧坐的石像。

"那我走了，大王。"女人终于走了。

这一个上午，白朗吃一碟牛肉，喝了半罐酒，因为没事又接连吃完了那半罐酒后迷迷糊糊倒了床上睡去。但似睡又未彻底睡沉，想这阵的刘松林、陆星火在干什么呢，他们知道做大哥的现在在这儿，知道威风一世的狼牙山寨覆没了吗？由两个兄弟拜倒在女人石榴裙下想到了清晨送酒的丫鬟，蓦然之间，觉得那丫鬟似乎在什么地方见过。可在哪儿见过，又想不起来。就又责骂自己了：这不是很可耻吗，为什么见了一个美貌女人自己就没有勃然怒起，僵直了身子，反要自慰为孤傲清高！真是像丫鬟讲的不肯瞧我们这些人似的，那么，为什么在她走了以后又要看人家一眼呢？且喝了人家带的酒，又现在作想起人家觉得在哪儿见过？！过去在安福寺读禅书，书上讲一个老和尚和一个小和尚过河时看到河边一个女子望着河水发愁，老和尚就主动前去把女子抱过河去。两人重新上路已经走了许多时间了，小和尚却问老和尚："咱们出家人是不该接近女色的，你怎么刚才抱了女子过河呢？"老和尚说："你还想着她呀？我抱她过河，我早已把她忘了，你没有抱她过河，可你心里现在还在抱着呀！"唉唉，这小和尚又怎么不就是自己的现在呢？白朗气恼地拿拳砸自己头颅，觉得这实在有损于他的英雄气概，就什么也不愿再想下去。

　　下午里，又是那个丫鬟送了肉馅的包子和一盆小葱豆腐汤，且又换了一罐酒，白朗依然目不旁视，也终不回望她走去的后影。第二天，第三天，都是这丫鬟来送酒饭，来了就更一身鲜艳的服饰，梳一番新的花样的头髻，说许多甜润酥人的话语。因为是经常由这一个丫鬟到这里来，白朗慢慢就不将目光高视屋顶，那么冷眼看她一下，仍不肯回应一句话。而在每一次她放了酒饭坐在他的对面看他狼吞虎咽地吃喝，或是临走时要在他的床铺上用棕刷拂去席上浮尘，他不免也瞧见了她头上的花钗真是纯银铸打，玉腕上戴就的也仍是玛瑙手镯。为着自己的一句话而咯咯发笑时，掏出一块香帕掩口，那香帕竟也是小小的做工十分精致的苏绣品。这种香帕不是本地所产，白朗曾在攻克了盐池后在盐监官太太的房里见过，他便疑心这女人不是黑老七的丫鬟了。可不是丫鬟又能是什么人？哪里又会是黑老七的姨太太或女儿什么的能每日两次殷勤送来酒饭？精明的白朗实在也有些疑惑了。

又一个晌午，天气闷热异常，白朗洞开四面窗子，外边没一丝凉风进来，浑身烧燥难受。他吃过了酒饭从门里走出来，沿着门外的一段回廊转到楼梯处，那里是数十级台阶，下边有铁栅拦着，且站了三个持刀的面目狰狞的喽啰。他复转回屋，掩了屋门，估摸着还不到吃饭的时候，就脱光衫子，褪掉长裤，只穿件短裤头仰八叉倒在床的凉席上，但就在这时，门偏被推开，那丫鬟笑吟吟走进来，一脸很狐很狐的媚态了。白朗针刺一般先夹了双腿，遂一个肉团跳坐起来，吼道："出去！出去！"

女人却靠在门上把门扇掩合了，眼里是那样的一层光气，说："大王终于说话了！可我不出去呢？"

白朗说："不出去我就把你从窗子甩出去！"

女人说："那你就抱起我甩吧。"

她竟一步步挪近来，挺了丰腴的胸膛，使两个大奶子在衣衫里活活地跃动。白朗差一点扑过去扇她个巴掌，再拦腰提起掼下窗去，但他看到女人微闭了双目等着他的赤身几乎要在那一触间软瘫下去的神色，在他狮子一般地跳下床来时，一个发怔，遂抓了长长的镣铐抛打过去，镣铐没能打着女人，反倒带动了自己往前踉跄了一下，女人到底是一声尖叫，变脸失色地夺门逃了。

但是，白朗在中午没有饭吃，太阳已经落山了酒饭还是没人送来，他骂了一句娘，听着肚子一阵咕咕地饥响，却庆幸自己终是没有赤身时让一个女人坐在房间。酒饭不来，一定是吓坏了那个女人，那么黑老七就该无论如何来见他了。待到晚上，他并不点燃那盏油灯，忍受着饥饿和衣睡去，脚步声却从楼梯口响起，且有光亮愈来愈大，末了，却仍是丫鬟端了一盏擦拭得洁净、灯芯拨得很大的灯檠走了进来。

"大王怎么不点了灯呀,我还以为灯盏里没了油了!"

声音平静柔和,全没有白日受惊的痕迹,白朗倒暗叹女人的非凡,灯檠放在桌上,灯光正映在她的脸上,容颜自比白日多几分艳丽,愈发觉得她的哪儿有些面熟,也愈发觉得她不是地坑堡的丫鬟使女了。女人说:"大王肚子已经很饥了吧?大王是这么一副秀才面孔,凶起来却是恶神一般的了!我是丑陋女子,大王见了就动怒,可晌午你要敲碎了我的脑壳,恐怕今晚你是吃不上酒饭了。"说罢就直勾勾看白朗,将一罐酒和一碟牛肉同三个馒头从篮子取出来,推近了他的面前,还在说:"别那么恶狠狠瞪着我呀,还想打我吗?我想现在的大王怕没有一丝的气力哩!"

白朗确实是没了一丝气力,他第一个念头是不接受女人的酒饭,要硬就硬到底,为了自己的英雄意气,他是永远不吃不喝也能行的。这念头才一闪动,立即又被另一个念头代替,自己说定了不为女人所动,为什么竟和一个女人较劲呢？狼牙山覆没，众兄弟死的死，伤的伤，散的散，他白朗既然不死就要在某一日重整旗鼓，大丈夫有大丈夫的气象，若为一个女人而绝食岂不是小儿举动或是那些读了书的情种秀才坏吗？他忽地张开双臂把酒罐和饭碟揽了过来，并不抬头地，风扫残云般地吃将起来。女人被他的突变之举镇住，开始放浪地嘲笑，又调谑玉面秀才吃相的难看。而白朗，这一刻里则视面前的女人是木雕是泥塑是一块无觉无知的桌子凳子或别的物件，只是更紧地扒饭，更猛地饮酒，发出很大的嗝儿了。女人说："好呀，这才像个山上的大王哩。可我说出一句话来，你就不会这么吃了！"

白朗还是抱起了酒罐往口里倒，发出挺响的咂舌声。

"昨日，也就是你大王攻克盐池的第七天，关在这里的第四天，"女人说，"官府调了五千兵马把盐池收复回去了。"

白朗一下子停止了饮酒，酒罐在半空举不起又未放得下，灌得满满的一口酒不及咽下，他噎着脖子瞪着女人，遂将酒喷吐了，说："这是真的？"

女人说："瞧，我说你不会再吃喝的，怎么样呢？"

白朗还在说："你要是再作弄我，这酒罐就砸在你头上了！"

女人说："你有这般能耐，就在楼上对付一个女人吗？今晌午我原本是要告知你的，可你差点毁了我的命，我现在是不走了，你把酒罐砸过来吧！"

白朗突然咆哮起来："黑老七，天杀的贼，你现在知道你的罪恶了吗？你有本事来灭狼牙山寨，你怎不去打杀官兵？你到哪儿去了？你龟儿子躲到哪儿去了？！"酒罐就脱手砸去，但并没有砸在女人的头上，高高掠过头顶直飞出窗口，沉重地在楼下爆碎了。楼下一片惊叫，有杂乱的跑步声和刀械的金属撞磕声，倏忽叭叭枪响，子弹在窗口的上沿将碎砖崩溅到了屋里。

枪声使白朗更加暴怒，在赛虎岭的十二个山头上，十一个山主都是有一杆铁枪的，而唯一最好的短枪却是白朗，他用这枪，杀掉了多少豪绅巨富，才使赛虎岭一带没了官府的税课粮赋，又是这柄枪在盐池镇住了盐监，使多少官兵被瓮中捉了鳖去，可如今枪到了黑老七的手里在瞄打着他白朗了！白朗扑到了窗口，对着楼下黑乎乎的屋舍和走动的人影，厉声骂道："黑老七，你狗娘养的打吧！你是还没学会放枪吧，怎么只打在窗沿上？！把盐池丢了，我的打散了的兄弟不会饶了你的，赛虎岭的十个山主也是不会饶掉你的，黑老七！黑王八老七！"

黑暗里，黑老七在回骂了："白狼和尚，这枪我是还打不准的，我黑老七是没有你的本事大，可本事大的狼牙山寨主却是我的囚徒关在楼上了！擒了你，你也该明白众山主会懂得敢不敢再惹新的王中王了！"

白朗听了这话，牙齿咯嘣嘣咬着，却有什么办法呢？短志气了的英雄身子摇晃，从窗口软下来呜呜痛哭了。他为盐池的丢失伤心，也为自己的命运伤心，世界上的事情往往不是毁在明火执仗的对手上，而是毁于并不防备的所谓同盟者手里啊。他再哭出声来的时候，看见了一直看着他咆哮而木呆了的女人，便把气倾泻在她的身上，吼叫着女人为什么还不走！走！将牛肉碟子和馒头一股脑地摔打在门口了。

这一个夜晚风高月黑，白朗在楼屋里咒骂着黑老七，把一生从未骂出的粗野之辞都骂了出来，后来就长啸不绝。楼下的黑老七在吆喝着所有兵卒看守好楼的四周，一律则用棉花塞了耳朵，不允许有一个人承接白朗的叫骂："让他在空洞之夜尽情骂吧。"没有对应，甚至连一个响动也没有，白朗的叫骂如同笼子里的凶狮，渐渐失却了勇猛和狂躁，骂声嘶哑起来，后变成了呢喃，再后只有拿自己的双手在抽打自己的耳光。黎明时分，白朗倒睡于窗口下的地板上，似死还活地喘着粗气。

白日里当女人又带了丰盛的酒饭进来，他正式和女人说话了："让黑老七上来！我要见他黑老七！"

女人说："他是不会来见你的。"

"不见我？"白朗凶道，"他龟儿子，尿包，他是不敢来见我！"

女人说："你说得很对，黑老七怕你的，他把楼底用铁丝全网住了，日夜有人在巡看着。"

白朗说："那他为什么不杀了我，为什么你天天要来送酒饭？！"

女人没有立即回答，脑袋勾下去半晌，方说道："你是想死吗？要死会有好死的，可你偏这么凶着脸……"

白朗凶过之后却无可奈何地悲哀地叹气了，但女人的话说得含糊不清，且神色诡异，没了以往的和颜悦色，白朗觉察出了什么异样。"要死会有好死的"，这是什么意思呢？他看这个女人，认不清楚她的善恶，也不知道她的深浅。当女人再一次来送了酒饭，他依旧只是咒骂黑老七，要黑老七来见他，以此察看女人的反应，了解外面所发生的事情，果然女人说出了黑老七腿上受了伤，正用南瓜瓢敷治的消息。

"是官府的兵马剿过山吗？"白朗立即问。

"那倒还不至于，"女人说，"大王知道一个叫陆星火的贼吗？"

陆星火，结拜的兄弟，为了女人而外逃的家伙！

白朗的气冲上来了，说："不要提他！你是用他来嘲笑我吗？！"

女人说："我要告知你的是他一个飞镖打伤了我家山主，但他的一条胳膊却也让我家山主一枪打断了！没了胳膊，他还当什么三大王？！听说他是为了一个女人外逃的，他既然好色丢下你这大哥，怎么就对我那么凶狠呢？"

白朗叫道："他被黑老七废了？！"这么叫了一下，再不言语，遂哈哈大笑。这是怎么样的世事呢？正是陆星火和刘松林突然脱离，黑老七才趁机暗算了我，黑老七应该感谢姓陆的才是，却怎么还对他下毒手？也好，也好，一身好本领的陆星火废了，这岂不是一种报应呢！但他白朗不解的是女人说出的最后一句话，他说："你认识陆星火？他什么时候要杀了你？"

女人显然是被他的提问惊讶了，说："大王你这是一直装糊涂还是真忘了？"

白朗莫名其妙。

"大王真是忘了！"女人叹了一口气，一时喃喃起来，似乎是怨恨了自己数句，"你真是和尚不记女人的事，你不认识我，我可认得你的。那一年在姚家，你总可以记起你的三弟陆星火要刀劈一个花轿里被新纳的小妾吧？"

　　一时刻里白朗明白眼前的这个女人是谁了。多少天来，他总觉得女人面熟，可谁能想到当年被他从陆星火的刀下救出的姚家小妾竟会与自己相见于楼上囚室？白朗现在细细致致地端详这个艳丽的女人了，她虽没了昔日的羞怯、惊恐和满面的愁容，但那个幼小的可怜的小妾毕竟使他对眼前的地坑堡的女人有一份说不出的好感。

　　"哦，你这些天来给我送酒饭，是要报答我救你的恩呢，"白朗说，"可你要知道，陆星火虽然不是真英雄，他要砍你却并不是不爱你，也就是为了你，我限制过他的娶妻，他才后来又见到美色而背离了我。"

　　女人说："他背离了你，你还替他说好话呀？不管你怎么护着你过去的兄弟，但我是恨他的！黑老七实在玩不了枪，一枪打死了他我才解气！"

　　白朗虽然为陆星火开脱，但陆星火已经背离了他，他是从心里彻底抛弃了这一个兄弟的，也不再为其再作强辩，他关心的是外边发生了什么。女人告诉说，在盐池丢失之后，陆星火当天听到了消息，也同时得知黑老七囚俘了白朗，连夜带人直奔地坑堡来。那一夜，黑老七挨了白朗骂，也害怕官府的兵马趁势杀上山来，就领人到地坑堡外二十里地的一个镇子布置防卫力量，恰与陆星火相遇，一场恶斗里，陆星火砍倒了地坑堡十二个喽啰，且一镖击伤黑老七的右腿。黑老七从马上掉下来，眼看着便遭擒拿了，倒在地上连连放枪，那枪放了十下，终有一颗子弹使陆星火的一条胳膊断了。听完叙讲，白朗伏在了窗台再没有说话，极目望着堡墙外远处的山岭，将双拳抱定，在对天为救自己而伤了胳膊的陆星火祈祷了。哎呀，结拜的兄弟到底是兄弟呀，他们到底是狼牙山寨的好汉，到底没有忘了做大哥的白朗呀！他们是爱着女人，但他们与官府绝对是不共戴天。想那陆星火因生活所逼，一个无家无产的小镇闲汉，整整十二年里从事着为别人娶亲而从山道上背驮新娘，自己却终是光棍一条，他得了女人而逃也是能理解的了。即使刘松林，出身于戏班的戏子，抽烟土抽得形如饿鬼，在演出时已经戴了行头，站在了二幕后，还要吸一口烟才能在台上判若两人地将那三国时的周瑜演得活灵活现。他是在盐监官强奸了他的妻子，一怒将妻子杀了之后上的山，抢了盐监官的女儿能说没有一份为先妻报仇的成分在里边吗？如今，来了一个陆星火救他，虽是断了一条胳膊，必更是不甘心就此罢休，而那个刘松林要是听到了消息岂能不也来救他吗？哈哈，有这两个兄弟重新打出狼牙山旗号，走散的更多的狼牙山的兄弟就会不断地寻到地坑堡来的啊！

又高涨了英雄气概的白朗从窗口回过头来，眉宇间神采飞扬，甚至有些戏弄起面前的女人了，说："我现在知道了，黑老七他之所以不杀我，他倒是真害怕着狼牙山寨！瞧着吧，一个陆星火打伤他的腿，把他千刀万剐还在后头哩！"

女人瞧着他得意，没有恼，反而也笑了一下："大王还明白了什么呢？"

白朗说："还明白黑老七之所以让你一日两次送了酒饭，是要给我施美人计劝我降他，起码可以让我来镇住我的那些兄弟吧！"

女人嘎嘎笑起来，将身子仰在墙上，嘴唇却一撇一撇的，笑声变得很冷了。自白朗囚在这里，他见到的女人从没有过这样的笑法，不禁问道："我说得不对吗？"

女人说："英雄果然是英雄！可你的分析对着别个人物合适，我家山主却万万不是你所估计的了！"

不管女人怎样说，此日始后，白朗在楼室里异常地活跃了，他每日早早起床，戴着镣铐扬腿伸臂，锻炼着筋骨。要么，趴在窗口往四方眺望，希望有滚滚的尘烟腾起，看见有飘动着绣有白色狼头的旗帜。这样的眺望常使他脖颈发酸，然后就切切地盼待楼梯口响动脚步，盼女人送了饭来。女人一来，立即迎着询问外边的情况。而女人呢，却也是更换了更多更艳的衣饰，说更多更新的消息，殷勤得比以往愈加活泛。她告知了某日有狼牙山寨的一支二十人的兵卒曾攻打过地坑堡，告知了某日地坑堡的下山收粮的喽啰被三个穿白色狼头标志服的人一尽杀戮，告知了断了胳膊的陆星火果然第二次第三次来突袭，害得黑老七放话，谁要能杀掉陆星火的人头可以赏三百两白花花的烂银！白朗在听着这些消息时，眼睛眨也不眨地看着女人，他觉得女人也可亲可爱了，得意之处，竟一伸手抓住她的肩头摇晃了，说："再说呀，再多说些呀！"

女人说："大王，我这是要做了奸细了？！"

白朗一愣，方意识到自己的手还搭在女人的肩上，他慌忙取下，脸色也绯红了。

女人却一派自然，偏乜斜了眼说："人常说树倒猴狲散，我不明白大王是囚徒了，却凭什么还有这么多人要来救你呢？"

白朗说："你说凭什么呢？"

女人说："我看凭的是你的脸蛋。"

白朗脸色陡然变了，但随之而笑："这话你可以去问问你家山主。他把我弄来，莫非也是看上我的脸蛋了吗？那么，他怎么却迟迟不肯来见我呢？"

女人说："他不来，可我不是来了吗？"

白朗说："一个小丫鬟，你哪里懂得男人家的事。"

女人说："男人家的事女人自然不懂，可女人家的事男人就懂吗？尤其你这和尚大王，竟把地坑堡的压寨夫人认作是一个丫鬟了！"

"压寨夫人？！"白朗兀然间惊住了。这女人坐在了他的近旁，动手去他的后脑捏下了从屋顶掉下的小小的灰土。白朗本能地站起来后退了一步，还在说："你是压寨夫人？"

白朗获知了送酒饭的女人不是丫鬟而是黑老七的压寨夫人，他惊觉着要与这女人疏远，思想却乱得一团麻，理也理不清了。他真不相信她是压寨夫人，是这雌儿在诓他吗？可女人明明白白告诉了他：那次被姚家纳妾不成，她就嫁给了一个经商的富户，而黑老七却看中了她，硬是绑票了那富户抢她到的地坑堡。看来，她是压寨夫人无疑了，而如此的身世，白朗是同情了，在这个世界上美貌是苦命和祸灾之根源吗？她一个弱女子才遭到像一件猎物一样被臭男人抢来夺去？自己一个男人，有了好的容貌，也被安福寺的住持企图污秽，上得山来还常遭一些江湖上的人嘲讽；而像她，不能安安稳稳做良家的妇女，几次转手竟来到山寨终日生活在刀枪死亡流血之中了！但令白朗奇怪的是从这女人的身上并看不出做了压寨夫人有什么愁苦，穿着华贵的服装，戴着珍奇的首饰，这一切又是为什么呢？是取悦于黑老七呢，还是为了一个孤独女人的苦中作乐的一点不满足？白朗只叹自己从小当和尚，于女人的事真是知之太少。嫁鸡随鸡，嫁狗随狗，女人或许当初一派软弱良善，可做了压寨夫人，身上是有了黑老七的血气流动，也会变成另一个人吗？那么，黑老七怎能让自己的夫人专来送吃送喝百般伺候一个仇敌呢？是有了另一层的阴谋，这阴谋又不是为了降服他那又是为了什么呢？

难解的谜苦了白朗，他要为探出压寨夫人的真正用意和目的而平生第一次来琢磨起关于女人的事情了。在又一个炎热的中午，女人洗罢了澡来到楼室，头发蓬松地披在后肩，没有穿紧身的长袍而是短袖和裙子，露出了玉白的小腿和胳膊，甚至那没有扣起领而自自然然半遮半显的一截脖根。一朵才摘下的沾满了水珠的玫瑰别插在那丰满异常的胸位。她坐在白朗的面前摇动着团扇，头发拂动袅袅，玫瑰花瓣也翩翩欲飞，白朗被她的奇艳压迫，平生第一次出现了烦躁，常常目光掠在她的脸上又极快地滑过去，汗就不停涌出来。

"大王是太热了吗？"女人说，"就把那褂子脱掉吧。"

白朗说不热的，脸却涨红了，忙中只是问压寨夫人，黑老七打算怎样处置他呢？

女人说："你除了问这些就没了话吗？你说不热，你那脸红得比女儿家的脸还要嫩红呢！"

说罢把扇子递过来，也把目光递过来。白朗只觉得她的眼里有了别一样的光彩，有了别一样的话语，他想起了在旱塬的井台上所望见井底的那一块发着幽光的神秘亮团，想起了小时候在一泓四围长满毛茸茸水草的清池牧羊常要跳进池里痛快地沐浴，想起了在九月天里逛山看见的柿树上的一枚红软了的蛋柿，就爬上树用牙嗑开柿尖吸吮糖汁，再送一口气去吹它个鼓圆圆的空壳。女人还在说着什么，他已经不再知道，直到发觉到她递过来的扇子和一只绵软的手放在了他的手里，这一刻里，两人都身子抖颤了，竟谁也不再说话，眼睛很近地看着眼睛，不晓了窗外的阳光依然照耀，楼前的一株弯柳上的知了声声把中午叫得好个空静！女人首先是再也坚持不了了，她的脸出现了潮红，嘴唇隆起了如一枚圆润的红果，那有着酒窝的腮，嫩脖子，酥软的凸胸在微微地汩跳轻动了。

白朗终于在怀里接待了女人香软软的身子，在盯着她的眼睛时也将头俯下去，俯下去，那颤晃的舌头几乎在接触到了那一枚红果，却从女人的眼里看见了一个小小的他的人影儿来。刹那间，血气奔涌的年轻的大王迟钝了，这如同洪水即将崩溃河堤时水潮退了，如同在午夜熬眼，熬过了丑卯之后精神清醒没有了睡意，如同在山穷水尽之地则到了又一村的新的境界，他把女人轻轻放在床沿上了，动作全变了形，笨笨拙拙。

对于女人，在交往了这一个地坑堡的压寨夫人后，白朗于女人有了他的新知，他不像往昔总以一个和尚的身份而视女人为邪恶为淫秽为犯罪，但也不像一个做了落草居山的巨匪大盗将女人看成是一个发泄性欲的工具，寻欢享乐的小猫小狗。他克制着自己是为了自己的一番勃勃大业，而这么克制着但必须承认这女人曾给过他几多的慰藉几多的愉悦和力量！如果他是一位文人，他相信他的文章会汪洋华赡，色彩烂漫，但他是一介武夫，一个囚徒，他的情绪之所以并没有低落下去，身体并没有衰败下去，觉得精神勃发，这最根本的何尝不是有这女人的一份作用？

白朗在瞬间的清醒中，第一个闪过的念头当然是他的大事大业不能陷进男女的情渊之中，而隐隐地也在提问了一个压寨的夫人会委身于他的背景内容。但是，在他放下了她在床上，看着那微闭了双目坠入一种不能言传的微妙的境界中的神态，原本也要客气地说：夫人是该回去午休了吧！他仍也说不出口，因为他搜索不出这女人对他有过的任何恶意和可供怀疑的痕迹，即使一切是一种假象，有着别一种阴谋，而白朗感念着她最起码是今日里有一份情意于他的，就不能粗暴地骂她是淫婆，打她个半死。何况这一时的女人，在自己的双手承接之后放平在床上，如花苞开瓣等待雨露，他这么撒手而去，未免是太无情，太残忍，无情残忍难道就是真丈夫吗？

白朗没有离开床去，他伸开手，轻轻地充满了柔情地抚摸了她的头发，再滑下来，抚到了起伏的胸部、腹部。女人却忽地睁开了眼来，急促地将他的手拉住，翻身而起，说："别，别，不能的，不能的！"

这却使白朗大大地吃惊了！陡然之间，他脸色通红，羞愧得不敢看起女人了。当女人也垂了头悄然离去，他一下子倒在床上，拉了被单蒙了头也蒙了全身，让汗水立时流湿，后来就似睡非睡欲醒不醒地躺了一个正午。

一觉醒来，白朗觉得身下有了凉滑滑的东西，方倏忽记得在梦中有过极幸福的故事发生。急起看视，裤衩上、床单上有了一些异味的斑点。他默默地看着，看了许久，并不后悔也不再追忆，而冷冷静静起来冲了一碗放在屋中的凉水，用手抠除着斑点在其中，则一仰脖喝了下去。在安福寺时，住持教训着他们年轻的和尚，其中最重要的一课就是每日早上检查被褥，发现有斑点就让刮下来冲了水喝，这种惩罚可以使有着七情六欲的小和尚牢记着自己的职业和信仰。从那时起，白朗就知道了当和尚的根本是什么，修身就是与性欲作斗争，这种斗争不流血不死人，在青灯下打坐，在木鱼声中沉思，而比流血死人更惊心动魄！做完了这一切，白朗是那样的清心寡欲了，他完全觉得他是一个英雄了，是一个真正的和尚了。真正的英雄和和尚不是说没有性欲而是战胜性欲，不是要让人冷酷如石如木而是要把持自己掌握自己，他白朗正是以他的不屈的和不凡的气度镇服了黑老七，也以一个真正的男人的大情大义的风格赢得了一个女人的爱而没有在女人面前沉沦啊！

此后的两天，女人再没有来，送酒饭的是一个小卒。但白朗一个人呆呆地立在窗口为女人的不来遗憾时，他却看到了狼牙山寨的人有三次在堡门外的土场上搏杀。他们虽然人很少，武艺皆平平，而且径直到地坑堡前叫杀是自不量力，却一个个在被杀死的时候大声叫喊："还我寨主！还我寨主！"白朗目睹了这一幕壮烈的场面，热泪纵横，后来就跪在窗前，他叫不上他们的名字，只是拿双拳捶击楼板，发誓定要为这些小兄弟们报仇，祈祷着这些为他而死的人的灵魂在天之一方得到安息。

也就在这一日，他又听见楼下有了鼎沸之声，探窗看时，堡门洞的两边一溜两行的喽啰全副武装了直排到一所高大宅院去。他不知发生了什么事，便见堡门洞开，一个只穿了一件红色的短裤的人走进来，双手在胸前捧着一个木盘，木盘上放着一颗血淋淋的人头。这不看则已，一看使白朗大惊，那人竟是刘松林！这形如饿鬼的狼牙山二大王是来救我的吗？为什么单独一人，且赤身裸体不带了刀棍？为什么不事先吸了烟土而那样神色恍惚？端的又是谁的头呢？便听到那两行喽啰一声送一声吆喝道："刘松林来献陆星火的头喽！——"白朗终于看清那头颅正是陆星火的，立时明白刘松林来的目的了！顿时双睛爆裂，黑血翻滚，巨声骂起来了："刘松林，好个没廉耻的逆贼，你是杀了陆星火来投降的吗？！"

骂声异常洪大，如雷炸响，楼下所有的人都听到了。端着头颅在喽啰的刀林中向大院走去的刘松林身子摇晃了一下，抬头看见了他，双足便跪下来，说："大哥，刘松林终算见你一面了！"

白朗道："我不要你这恶狗给我下跪！我不是你的大哥，你也不是我的兄弟！"

刘松林站了起来，突然哈哈大笑了："那好吧，和尚白狼，你已经是黑大王的囚徒了，你让我也同你一块送命吗？陆星火他不识时务与黑大王作对，且他的一颗头值三百两白银，我刘松林有了银子能抽烟土呀！"

白朗道："好吧，你去投靠黑老七吧，可你记着，终有一日我会剁你个肉泥的！"

刘松林说："这你就差了，黑大王赏了我的银子，说不定还封我个头目当，那我就要来先成全了你！白狼和尚，你好好在那楼上待着，我要去见黑大王了！"

白朗身子一软，差一点从窗口栽跌下来，头在窗沿上一磕，再后仰在地板，已经气怒昏死过去了。

实指望陆星火残废后有刘松林会振臂一呼部下云集来杀败黑老七救出他白朗，但刘松林却又一次地给了他白朗致命的打击！白朗苏醒过来，眼睛还没有睁，就骂出了声，骂刘松林的心是彻底地瞎了，骂他自己也是瞎了眼了，但蓦然听到一种声音在唤呼着他，张开眼皮，发现他已睡在床上，床边坐着那一个压寨夫人，白朗立即又闭了双目，将头扭向墙去。女人说："大王，你能再看看我吗？我们只能再见上这一回了，你也不肯看我一眼吗？"

听了这话，白朗忽地坐起来："是黑老七要杀了我吗？让他来吧！让刘松林也来杀了我吧！"

他冲着女人发凶，发了凶却吃惊了这女人全然不是了以往的艳丽，几日不见，竟鼻子炎红，眼睛枯涩，那乌黑的头发也似乎稀薄干黄了。他咽了一口唾沫，将头垂下了。

"大王看我是丑了吗？"女人说，眼泪却流了下来，"你终是看了我一眼了！我知道我现在来不是时候，你是不愿意与我多说话的，可我不能不来，我先是给你说说你的兄弟刘松林吧。"

白朗叫道："我永远也不想听到他的名字！"

"那我就给你说说我的事好吗？"未开口，却哽咽起来，"你告诉我，我是不是真的丑了？"

她确实是丑了，一个奇艳无比的人怎么就突然丑起来了呢？他说："你怎么了？"

女人说："我快要死了。"

"要死了？"白朗说，"你是唬我吗？黑老七现在并没有了强大的对手，陆星火死了，刘松林投降了，地坑堡正好红火，你压寨的夫人要死了？"

女人说："我知道你一直在对我有着防心，我也一直没对你说过，现在全告诉你吧：一个压寨的夫人为什么专来为你送酒送饭如一个丫鬟，是因为这个夫人害了麻风病的。你不要插话，你让我说吧。害了这种病是不能救的，要救就只能与男人同床把病传给那人才能好的，而病在最严重的时候却能使病者的容颜十分艳丽，也是最容易招惹男人的。黑老七他得知我的病后，他当然是不会同我有房事的，却也舍不得我的容貌而让我死去，便要求我传给他的一个喽啰然后把那喽啰杀掉。可我看不上那些喽啰，黑老七抢了我来我已受了屈辱，再若去与那些我不钟爱的人干那种事，我不如死了的好。你被解来，黑老七原本要让赛虎岭的众王瞧瞧他的威风后就立即杀掉你，可在你一到地坑堡，我就看中了你。黑老七他是同意了，说：'只许一次，一次成功了就告知我，我不允许动过我的女人的人多活一个时辰！'这就是我给你送酒送饭的原因，也就是我之所以美衣鲜服地取悦你的原因，你现在该是知道我的狠毒和邪恶吧？但是，在与你的接触中，你是一位真真正正的英雄，你不但有比一般人英俊的容貌和身架，你更有一般人没有的英雄气概，你并不是贪色之人，你不以你的英俊自恃，不以你是一个王中之王的人物来把送上门的女人收拾了，便宜了。正因了这一点，我更加爱上了你，且后来也认出了你就是当年救我的恩人，我哪里再会去害了你呢？可我毕竟是个女人，心里又是那么爱着你，我真盼望我能得到你的爱，让你抱了我，抚摸我，让我使你在快乐中忘掉囚关的苦楚也让我幸福地死于你的怀中，但一想到如果那样了你就会染病死去，只好在那一时又拒绝了你。你知道吗，每一次送酒饭回去，黑老七都要查问，我瞒着说机会不成熟，他不相信你是个不吃腥的猫，又怀疑我是真心好了你。我的心情矛盾极了，彻夜彻夜不能安睡，所以这数天我没有来。谁知越是这样，病情就越加重，鼻子便开始红炎起来。我知道鼻子一烂，接着头发就要脱落殆尽，身上也会烂得一块块掉皮。我到了那时就丑得不堪入目，更不愿意我爱着的人看见我的样子。但我又是快要死去的人了，我怎能不来见见你呢？我无论如何要来最后看看你了！黑老七见我病到这步田地，知道你没有起作用，就叫嚣着要杀掉你。但他现在是病了，病得也不轻，终日惊恐着会有人要杀他，也就另眼待我，已将我扔到一间空房中让自个死去。我偷偷地跑来，一是要提醒你，黑老七明日会来杀你，或许就在今日，你万不可睡着，要防着他，二是我要求求你，让我就死在你的手里吧！"

女人不歇气地说着，她不让白朗有一句插话，似乎她要一停止下来就再也说不完了。现在她跪在了白朗的面前，眼巴巴地看着，向他企求了。泪水不知何时起已经满面了的白朗，双耳轰鸣，喉咙哽噎，他为面前的女人战栗了！天呀，原来是这样，事情原来竟是这样！他忘却了刘松林带给他的烦恼，满心地同情着这个可怜的女人了，更感动着这女人对他的一片挚心了！世界上的英烈并不是男人家才有，柔弱的女人竟也有石破天惊之豪举，他白朗一世来并不看重女人，谁能料到拯救他的不是月下结拜的武功超群的狼牙山寨的二大王刘松林而是这一个不胜风寒的女人啊！他把女人一揽手抱起来，抱得是那样地紧，说："你是不会死的，你是不会死的，等我哪一日出去了，我会请世上最好的郎中治好你的病的！"

女人在双臂之中颤晃着，如风中细柳，几欲要痉挛了，大颗大颗的泪就坠下来，说："啊，有你这样的话我真高兴，可这是不可能的，这是不可能的。"

悲哀到了极点的白朗一下子冰山似的崩溃了，他瘫坐在条凳上，抓过了酒罐来饮，却在酒罐里发现了一柄短刀。他极快地把刀拿在手里，回过头来，女人却已衣着整齐地平平地仰睡在他的床上了，在惨惨地笑："大王，你来杀了我吧！"

白朗握着刀走过来，他的手在抖动着，他杀过了不计其数的人，从没有这样抖动过。"我怎么能杀了你呢？我怎么能杀了你呢？"

"你杀了我，我会死得幸福的！我求求你了，我的大王！"

白朗看着女人微笑着闭合了双眼，脑子里浮现出一刀下去切断了她的喉管或是一刀扎在她的左胸，血喷泉一样地溅上屋顶，溅上四壁，一个美丽善良的女人就再不复存了？！他回头看着窗外，今天的太阳没有照耀，不知何时布满了阴云，有雨在下落了。他终于说："好吧，我满足你。"俯下身去，在她的额上、鼻尖上、嘴唇上亲吻了。"你把右手搭在床沿吧，我划破血管，血就会流干的。"

女人顺从地伸过右手在床沿了，她并不看，仍那么安详地闭了双目，白朗却拿刀背在她的手腕处划了一下，就坐在一边头软得再也抬不起了。

楼室里是那样安静，窗外的雨在淅淅下着，这雨声在女人的知觉里是血管里的血在往外流淌，她没有痛苦，她觉得生不能与英雄的白朗做妇做妻也不能与他纵情为乐，但经他手死去才使她这般自在幸福呢！现在，她要死了，血一流完她就死了，但愿在另一世里他们再相会吧。

白朗抬起头来，发现女人的胸部慢慢平息了起伏。他走过去，女人早已经死了！她在一种意识中死得果然安详，脸上还在微笑着，没有血，没有伤，真如睡熟了一般的一尊菩萨。白朗就这么一直看着她，看着她，将她神圣起来而不敢再去碰她，摸她，直到天黑，天黑又到黎明。

黎明里，白朗抱起了酒罐大口大口往嘴里倒酒，已经喝得大醉了还在摇动酒罐。没了酒的空罐里有了一种金属的声音，掉下来的竟是一把钥匙。白朗立即醒悟了，拿钥匙去开镣铐上的锁，锁打开了，他的眼泪唰地又流了下来。是呀，这女人在死前把什么都预备好了，她为他带来了钥匙，也为他带来了自卫的短刀！白朗跪在女人的尸体前，叫着"夫人！夫人"，泪水涌流却嘿嘿地大笑了。

　　这时候，楼下传来了杂乱的呐喊声，听得见有嘶哑的吼叫："一定要守住，守住！今日谁杀了那头领，我大王就将压寨夫人赏他了！"白朗听出这是黑老七了，黑老七接着又喊着夫人，大骂着："跑到哪儿去了？"一个小卒在答："夫人昨日上楼没有下来。"黑老七就又骂道："娘的×，谁还让她到楼上去的？！"白朗隔窗一看，堡门外的土场上果然狼头旗帜数面，无数的狼牙山寨的旧部在那里攻打，他要探身窗外嘲笑那一个黑老七了，楼梯口却传来了急促的脚步声，白朗立即复坐床上，将镣铐缠在手脚，那一柄短刀就顺手压在凉席下。

门被一脚踢开，黑老七和四个提了柳叶刀的喽啰走进来。

　　"和尚白狼！"黑老七恶狠狠地说，"你不是总要见我吗？我黑老七来见你了，怎么样，地坑堡待你不薄吧，关在这里有吃有喝还有个娘儿们陪你？！"突然一变脸吼叫："小的们，把那臭娘儿们一刀砍了！"

　　白朗说："慢着，她在我这儿睡着了！"

　　四个喽啰皆一时满脸尴尬，觉得压寨夫人竟是睡在了囚徒的床上，便拿眼看起自己的山主了。黑老七哈哈笑道："和尚白狼，你以为你是占了我的便宜吗？我告诉你，这臭娘儿们害了麻风病，是我特意让她来找你的，我不用杀你，你也死到临头了！"

　　白朗傲慢地坐那里，冷眼看着黑老七，说："是吗？那你怎么还到楼上来？！是来请我出去吧，外边的我的兄弟越来越多，你是让我去领他们进来吗？"

　　黑老七说："是的，和尚，外边是打得厉害，自把你关在这里，我地坑堡再没安宁过。"

白朗说："这我当然知道，你是瘦多了，气色是坏多了，日日夜夜听风声就是雨，见草木也错认了兵，再要下去你不是吓死也得吓疯的吧？"

黑老七说："说得一点不错，我就为此来向你借一件东西的。"

白朗说，"什么东西？"

黑老七说："要一颗人头！外边的人见了你的头，心就死了，就不会再来寻我的麻烦了！"

白朗笑了："是吗？你来取吧！"

黑老七叫了一声，四个喽啰还未动手，白朗忽地从床上凌空跃来，那手在起跃时早从席下抽出了短刀，一下子扑到黑老七的身边，一手扼住了他的胳膊，一手将刀贴逼在他的脖子，大声说："实在对不起了，黑老七！你给你的部下说，让他们乖乖放下刀先行开路吧！"

突如其来的变化，惊呆了四个喽啰，黑老七也是面如土色，他只好命令着喽啰放下刀前边走，白朗就将黑老七押着一步一步走下楼来。地坑堡的喽啰小卒见山主被押下来，蠢蠢欲抢，那刀就在黑老七的脖子上划出血了，黑老七叫道："谁也不要动，谁也不要动……"这一幕恰被堡门外搏杀的人瞧见，抵抗的兵卒稍一迟疑，狼牙山寨的旧部早一刀捅死一个，就蜂拥下来使劲砸撞堡门。白朗又逼着黑老七下令把堡门打开了。

地坑堡所有的喽啰兵卒被赤手集中在一块空地上，白朗说："黑老七，你说怎样处治你呢？"黑老七一脸哭相了："以牙还牙，你也押了我一路去狼牙山寨吧！"白朗从他的腰间拔过了曾经是自己的短枪，丢开了黑老七，低头将短枪的机头打开，又对着枪管吹了吹气，却将短枪插在自己腰里，仰天哈哈大笑了："黑老七，你算是什么角色，还用得着我押了一路去狼牙山寨？我杀了你也嫌损我的英名！"遂叫道："谁来砍了他？"人群中走出一个人来，穿着狼头标志的服装，提着一面偌大的铡刀。白朗似乎不认识他。

"你是谁？"白朗说。

"大王不认识我，我是新入伙的。"那人说。

"你能砍了他吗？"白朗问道。

"我是盐池北边的人，黑老七暗袭了大王，官府就把盐池又夺走了，还杀了许多抢过盐的百姓，我爹我娘都被杀了，我岂能不砍了这条祸根？！"

阳光下，他一铡刀砍去，竟将黑老七一分两截。那上截的黑老七倒地还活着，说了句："我不该做那王中之王啊！"睁目绝气。

三

　　白朗收拾着残部回到了狼牙山寨，白朗又是一代枭雄，赛虎岭的王中之王了。到处在扬颂着一个英雄难而不死灭而不亡的传奇，已经演绎得神乎其神，说白朗在醉酒中被黑老七囚押在地坑堡的诵经楼上，如何是白日里的英俊潇洒的玉面和尚，夜里就显身一只白狼，望月嗥叫，引动着满山遍野的狼群了。诵经楼是那个翰林的老母居住过的，久年未修破败不堪了，但白朗去后，每个黎明里楼檐风铃叮当，悠悠似有诵经之声，只有在盐池上空才能见到的白鹤天鹅，却见天要飞来七只栖在楼顶引颈长鸣。这样的传奇先是在山民百姓中，之后赛虎岭的众山的喽啰小匪，县城的工商作坊里的掌柜相公，连官府军营中的兵勇士卒全都如此谈说。就有人刻印了他两种画像，一是狼头人身作护身镇邪的法品在市面出售，一是美如妇人的脸谱，称作是和尚菩萨的，高价买来不叫买叫请的，请供于高墙神龛上日夜焚香磕拜乞福求贵。

赛虎岭上没有了黑老七，十二个山头便剩下了十一个，那十个山主在白朗遭擒之时着实是晴天里听到了一个霹雳而震撼了，他们遗憾着白朗雄鹰折翅，骏马失蹄，受到了平生的奇耻大辱。但每一个山主之心中却也包藏了一份幸灾乐祸的暗喜：有白朗在，赛虎岭当然是安全的，官府收的税自己收，官府纳的粮自己纳，有大碗的酒大块的肉大福大乐享受；但有白朗在，赛虎岭的头把交椅永远也就是白朗的，所以，黑老七灭了狼牙山寨，他们异口皆曰黑老七心毒胆大，却没有一个提出来剿灭地坑堡，黑老七在他们眼里原不算什么角色，只要提高警惕防备着些，愈加经营自己山头，谋图着某一日这赛虎岭真要成了自己的天下。但是，现在的白朗奇迹般地又回坐了狼牙山寨，自不量力的黑老七落了个寨毁人亡，便都一齐称颂起白朗的英雄盖世了。

狼牙山寨的印着白色狼头的旗帜又在已经开裂如刀剑的天元寺塔上飘扬，它就象征着这数百里方圆的赛虎岭上，依旧是大王们的天下，远在县城的千总老爷果然重新调整了各地的巡检司，城之东西南北四门的吊桥严加把守，天一黄昏便高高吊起，将正欲清剿赛虎岭的计划悄悄撤销，集中起来的小校兵卒及成批的乡勇民团终于只固守在了盐池。赛虎岭，十一个山头若十一个部落，各自在其势力范围内经营各自营生，山头上，路口上，喽啰巡哨，见巨贾豪富的钱车粮担就扣，遇官府的游兵暗探便杀，山与山狼烟联络，寨与寨号角呼应。但是，谁也不能侵犯了谁的势力，唯狼牙山寨的人，只要是衣上有狼头标志的或是持一块刻有狼头的木牌的，却可以自由往来于各个山头的区域。这当然没有明文协定，但一时间却成了例行的规矩，于是，常常三更半夜有人影绰约，询问什么人，回答狼牙山的，查也不是不查也不是。更有这个山头与那个山头为一个动心的女人或一担财物发生了冲突，几乎开始都在吆喝：要眼睛出气吗，老子是狼牙山的！结果是假狼牙山的占了便宜去，真狼牙山的又被错为冒充，出现了不少的流血事件。白朗就要传话给十个山头，邀请十个山主前去聚一聚，亲议一些事宜了。

众山主得到邀请，莫不筹备了丰盛的礼品，他们知道如今的白朗自比往昔更一层威风，所谓邀请去狼牙山寨也就是让他们前去恭贺他的复出，也就是要暗暗警告狼牙山寨的名号是谁也不允许冒充的，皆在这一日纷沓来到天元寺塔下。

众山主的猜想一点不错，年轻的大王白朗虽然腰斩了黑老七，一把火灰飞烟灭地烧毁了地坑堡，但被一个最不起眼的山主护颈铁枷锁了，四条绳索绑了，行走数十里地解押到一座楼室里，这羞辱是太大了。他成心借此机会让众山之主们瞧瞧他一个王中之王是可以被人欺负的和欺负得了的吗！为了办好这次集会，他重新修整了寨堡的颓墙败栅，粉刷了所有楼亭舍院，到处收拢散落的旧部，招募新兵。但是，令白朗多少有些失望的是数天的时间里虽然张贴了布告喧腾了锣鼓传播了口信，上山来的人马仍是寥寥无几，更多的则是那些在地坑堡投降的喽啰，是山上百姓和从盐池偷跑来的盐工，这些新入伙的穿上了印有狼头标志的服装，包裹了黄的巾帻，操练刀棒，一见他就全伏地呼大王不已。他不认得这些陌生面孔，总觉得与他们没有以往旧部兄弟们的那份熟腻和亲切了。他派了一个当初功在陆星火之下的山寨头目，也就是在他杀死黑老七的那天攻打地坑堡的领头人，交代了再次下山，无论如何要寻到所有的旧部兵卒重新归来，甚至动了情道：狼牙山寨遭难，我白朗没能保护好大伙，今日天不灭我，狼牙山寨的兄弟就要有福共享啊！

当众山主到齐了狼牙山寨的山门，那马就不能再骑，因为缘一面突出山嘴随势砌筑了两千级石阶，他们气喘吁吁往上爬，且道道围墙，层层栅栏，头扎草黄包巾腰佩雪光铁刀的迎兵吆喝打开，又吆喝关闭，甚是一派森严。上得山嘴，并未到得正寨，又是一峰崖，天元寺塔就在上头，而崖的两侧有飞瀑直下望之若练，路曲之绕过瀑后，走过了珠玉喷跳之处石皆成穴之处，仰视着崖上苍苔匝生如羊胛状，酷夏之中人也莫不心身寒气所逼了。白朗自然立于崖头路口拱拳喝迎了，自然又是往昔的一身素白一颗光洁头颅的和尚了，他声声呐喊，立即应者雷轰，早有数十个将鬓发绾紧是一个角儿的小徒们安顿了八八六十四张生漆染就的八仙大桌，九九八十一面芦席坐铺，众山主和所有山寨的大小新旧兄弟一齐入座了。众山主们走到了桌前，却没有落身下坐，而是环目望见了那旧制的三楹大门楼三楹仪门五楹正堂东西各三楹厢房，那后堂的侧门，那兵库房，三楹花厅，大门外东西分别的大厅，那十二间的旁廊全都焕然一新，张灯结彩，而新造的二十个窝铺，四个角楼，六个敌楼，连同了那木架哨台、天元寺塔，全插上了新崭崭的狼头旗帜。这阵势便使众山主们少了志气，自惭形秽起来了，他们整衣理帽，尽量使脸上长久笑容，就在山鸣海啸般的乐鼓声中让随从抬上虎皮、熊肉、熏鸡、卤鸭和一坛坛美酒，成匹的丝布，以及火纸、食盐、豆油、木耳、香菇，言称薄礼小品不成敬意，然后弯腰向白朗恭贺，逐一地挑选着天下最美丽的词句，以悦耳高亢的声调称赞白朗的英勇了。一时间里，狼牙山寨就是赛虎岭的一面旗帜，白朗就是众山之主心悦诚服的领袖，从此赛虎岭将固若金汤，那盐池的恢复指日可待，县城的官兵是一群草芥，这方圆数百里地将永远是一个独立的王国，别一种清平的世界了！听着这么多的赞誉，早晨起来又兀自喝过了过多的烈酒，白朗满面红光，神采奕奕，想起了过去的一切，他也为自己的今日而惊讶了！是呀，天下哪有被囚押欲死之人又突然间报得深仇，重整了旗鼓，而又于此地振臂一呼就能应者云集呢？做了阶下之囚，黑老七仍是见他战战兢兢，这已经是别人不能做到的奇迹，何况在囚室之中又有一个艳丽若仙的女人钟爱于他，岂不又是奇迹中的奇迹吗？！这全是自己的英雄气概所征服的呀，赛虎岭上有第二个人吗？或许，这些众山主和众喽啰的称颂未免过分了点，但除了他白朗哪一个人又能如此敢有一点承当啊！

　　白朗毕竟是英雄的白朗，在这样的场合中他不会忘记了为他牺牲的人，他要在万众欢呼里追念那些亡灵，他首先想起的是他的结拜过的三兄弟陆星火。他给大家讲述着陆星火的英勇，从一块精致的木匣里取出了一颗血肉已化的头的骷髅，安放在高台桌上，为其奠酒，三跪六拜，声明他要修坟造碑，年年月月为他的可敬可亲的三兄弟荐祀。再下来，他就说出了一个女人来。当众说出一个女人，且这女人又是黑老七的压寨夫人，这于当过和尚的白朗是不宜的，于如今被传颂得神乎其神的白朗是不宜的，但他白朗还是要提到她。他讲述着这女人在楼室里怎样地照顾他，又是怎样地暗送给他钥匙和短刀。此话一出，众山主和喽啰兵卒都议论哗然了。这一切的一切，是谁也不知道的，他们在白朗一说一个女人的时候甚至觉得有些好笑，怨怪白朗怎么启这种口呢。可听罢了她的事迹，他们全都被这前所未见前所未听过的奇艳无比的人儿所感动，心想这女人一定是与白朗有缘的，是不是白朗已经和这女人有了那一层的关系了？这种想法当然一闪即过，遂感叹一个娇弱的女人能身为黑老七的压寨夫人而倾心白朗，这女人定受了英雄白朗的感染，更可以说身上流动了白朗的血气，越发证明白朗是一位大英雄了！

当白朗将一壶酒洒向地面，大家把酒全洒在地面，他们同时在心中祈祷着在自己的一生中也能遇上这么个女人，做一个有着生生死死的奇艳风流的英雄多好！白朗接下来在追悼为救他而去攻杀黑老七的兵卒，追悼完了，他站起来喝令着兵卒点燃了炮铳连放三十六个爆响，令四十八位喽啰抬出鸡鸭猪牛肉一盘盘端上，将一瓮瓮烧酒在大碗中筛满，宣布能吃的吃饱能喝的喝足，没了黑老七，不怕有偷袭，醉得昏天黑地三天不醒的是白朗的朋友。但是，人群中有人叫道："大王，你并没有追奠到一个更救过你而死去的人啊！"这一声很是响亮，似乎还带有童腔，已经坐下的白朗站起来问："哪一位说话，是我遗忘了谁吗？"

人群中站出一个小小年纪的小卒，一件有着狼头标志的服装宽大过膝，显得两腿短矮失例，但眉目清秀可爱，白朗认出他是那个曾经吹过唢呐，后来又守卫诵经楼的黑老七的旧部下。他站到了人群前的空地上，面对着白朗作了一个半跪的姿势，然后又睐了一下左眼，白朗被他的旧日动作所逗，不自觉地也冲他睐了一下左眼。小卒说："大王刚才说到的黑老七的压寨夫人，她正是我的表姐。表姐的事大王已经当众讲了，其实这一切表姐都给我讲过，因为这是一个女人的事，大王刚才不说我现在也不会说的。但大王一定只知道我的表姐一个人，殊不知为了大王死的竟还有她的一位丫鬟！当陆星火、刘松林死了以后，可以说来地坑堡救大王的并没有几个武艺强过黑老七的，但来救大王的人实在很多，这已经使黑老七紧张起来。为了使黑老七精神崩溃，不得很快杀了大王，表姐就同丫鬟偷偷书写了许多字条，上面都是一句话：'取黑老七的头！'三更半夜让丫鬟贴得墙上有，树上有，茅房中有。这便使黑老七以为狼牙山寨的人混进了地坑堡，或是地坑堡的兵卒中有了狼牙山寨的奸细。他查了又查，搜了又搜，杀死了许多他的部下，但是，每日还是有字条发现，黑老七夜里再也不敢睡了，担心一睡下有人取了他的头去，白日再也不敢先吃饭，担心饭里放了毒，先要让别人吃第一口。人这么活着怎能不病呢？黑老七就病了，一听见风吹树叶就惊，一看见日影灯影也惊，常常惊起来就怀疑他身边的人，要不严刑拷打，要不就杀了。大王你想想，他得了你的短枪，原本可以在地坑堡的堡门楼上瞄准前来攻打的人放枪吧，虽不能一枪打中一个，也可以三枪打中一个的，他却从不到堡门楼去，怕啥呢，就怕那里一乱，有人暗中害了他呀！这不就是字条的作用吗？可以说，他完全是一个神经病人了，身体虚弱不堪了，他最后去楼上杀大王，大王一定能瞧出他和从前判若了两人，被大王用短刀逼了再没作反抗，他以前也曾是凶猛如恶豹的人呀！我表姐的病到了快死的时候，是反复叮咛过丫鬟不能对人说这事，丫鬟给表姐点头，却在背地里哭了，她以为表姐放心不下她。这也难怪，她原是七星镇杨掌柜的女儿，杨掌柜曾经藏过黑老七，黑老七后来常去杨掌柜家，看中了她，虽不能明着抢来，却使了鬼点子勾引。黑老七早年是个串巢窝闯勾栏的能手，他会让猫在手帕上尿了，把手帕又放在蛇洞前让蛇在上面交媾遗精，再拿手帕去到看中的女子面前摇晃，女子就中了魔法一般竟顺他而来。那杨掌柜的女儿就这样被他迷惑了成的奸，却后来又玩腻了，才让她做了我表姐的丫鬟。这丫鬟有这段往事，就以为表姐怀疑她为人有不争气之处，也就在那个晚上，她吊死在一所空院子的门框上了。她吊死了还贴了最后一张字条，那字条贴在她的身上。黑老七当然没有想到丫鬟做了什么，还以为丫鬟也被杀了，更是要杀了他的前兆。大王，她虽然是自杀的，但她是为了谁而自杀的？她的功绩并不低于地坑堡门外叫杀的兵卒，甚至她抵得住十个兵卒，二十个兵卒，但大王却只字未提到她！"

　　年幼的小卒说完，退回到他的位置去，白朗端起了酒，他深深地被那位并不知晓的丫鬟的作为所激动，他的嘴在颤抖着，一串一串掉下来的热泪滴溅在酒碗，正要双膝跪下去对着那上苍对着那冥冥之间游荡不知着落的一个亡灵呼叫，便有人在号啕大哭了。这哭声是那样的悲痛和凄厉，在炎日当顶如油锅开炸的正午，使每一个人五脏六腑都在震撼了，抽搐痉挛了，他们以为这哭声来自云空，是那一个几乎永远无人知道的丫鬟的阴魂在这彰昭的一刻恸哭了，以为是英雄的白朗率先在为自己的内疚而悲泣了。但是，当众山之主和兵卒们看见白朗也抬起了惊愕不已的眼时，才听清了哭声发自土石场的北角，那一堆拥拥挤挤来瞧热闹的山民群中，而且已有人踉踉跄跄走过来了！也就在这时候白朗却兀自大叫了："刘松林？！"听到"刘松林"三字，站在白朗身后的一队贴身喽啰忽地扑过来，如挟风的虎群，将还没有走到场中来的人掀翻在地了。血涌得一脸通红的白朗把手中的酒碗哗啦摔了，大声怒叫："刘松林，好个贼逆，你今日还有胆量来呀？来了正好，你那一颗贼头正用得上奠我狼牙山寨的英魂！"

那人突然脖子挺硬了："大王，你再看看是不是刘松林？"

暴怒了的白朗一个愣怔，待看了一眼时，那人长得和刘松林十分相似，但毕竟比刘松林矮了些，也胖了些，脸上没有那抽烟土人的一层土灰色，不禁也疑惑了："你不是刘松林？"

那人说："我不是刘松林，刘松林却是我的一奶同胞。大王今日重整旗鼓东山再起，刘松林是你第一个要杀要剐的叛逆，可你大王哪里知道这奠祀的第一人却应该是他！"

众山之主和芦席上的残部兵卒几乎是愤怒了："这厮胡说八道，刘松林叛主投贼，残杀陆星火，难道还成了功臣不成？！"

白朗却挥手让喽啰们放开了那人，冷峻地问道："刘松林他是死了？"

"是死了，大王，他死无尸首葬无坟茔。"那人说。

"死了？"白朗重复了一句，却突然走近了一步说，"你说奠祀的第一人应该是他，他能比陆星火吗？他能比地坑堡的那位妇人和丫鬟女子吗？"

那人站了起来，又几乎是伤心了，但却在红日当空之下擦干了眼泪，说："陆星火是忠烈之汉，那妇人和丫鬟有节烈之举，刘松林在狼牙山寨时的功绩不用我说，大王心中清楚，在场众位心中也清楚，他的最大的过错不就是曾为了一个女人私自逃离过大王吗？但是，当他得知大王被囚，盐池丢失，陆星火去救大王又断了胳膊，他大哭一场，血刃了他的那个女人就奔到地坑堡去了。他没有带多少人，他脱离了大王后只想和那女人寻一处僻静地过安静生活，他还忘不了唱戏，怀恋着舞台上的周瑜，所以，带在身边的只有二人，武艺又平平，但他还是去了。去了地坑堡，才知道那里防备森严，他无从下手，又退回来寻找陆星火。陆星火已经残废，还领人去攻杀过地坑堡，但也差不多把人伤亡完了。他二人那一夜就住在我家，从一更商议到二更，二更又到三更，想不出个好办法来，把一坛酒都吃完了，就又趴在桌上哭。到了五更，陆星火终于想出让刘松林砍了他的头去假降黑老七，然后进入地坑堡杀掉黑贼为大王报仇，学一场古书上讲的荆轲刺秦。这办法是好，刘松林却不忍心陆星火这么死去，陆星火说：你不要和我争了，你就是献了头让我去，黑老七一是信不过我，二是我一条胳膊也无力杀了黑老七。就借说他去上茅房解手，在那里用刀自割了头。刘松林那时没有哭，他把陆星火的头血滴在酒里面喝，他说：兄弟，刘松林现在不是刘松林一个了，刘松林是陆星火和刘松林两个人了！就带了头赶到地坑堡。黑老七果然相信了他，让他端了陆星火的头进了他住的厅院里，他首先要黑老七拿出三百两银子放在一边，再要黑老七把烟土准备好，说他烟瘾犯了需要抽烟。黑老七一一照办了，要他端上陆星火的头来，却不让他近身。不让近身怎么能行呢？陆星火的头颅下藏好一把短刀的，他便说：'我还有个请求，黑山主一定答应我！'黑老七说：'什么请求？'他说是陆星火的嘴里有一颗金牙的，请求能让他敲了那一颗金牙！黑老七嘿嘿笑了，让人把头递给了他，他一边往黑老七跟前走，一边掰弄头颅的嘴，忽地从头颅下抽出短刀，却一脚踩在了一块瓜皮上滑倒了。他再要爬起来，一切都来不及了。大王，你是知道的，刘松林抽烟土抽上了瘾，没烟是没劲的，他从我家走时是抽过三个顿时的烟的，但到了地坑堡，烟劲还是过去了。他没能爬起来，黑老七的左右兵卒就乱刀将他砍了，砍成一堆肉泥了。刘松林死后，黑老七是胆战心惊了，刚才那位小兄弟谈到丫鬟的字条使黑老七几乎要疯了，这根源也一定是有了刘松林的谋杀才产生了效果的。像这么英勇之人，大王不但不追奠他，反倒还骂他贼逆，我那兄弟在九泉之下也不安宁啊！"

那人说到这里又哭起来，白朗已经支持不了了，瘫坐在了条凳上，反复地说："是这样吗？是这样吗？"

"是这样的，大王！"刘松林的哥哥说，"我要是有一句假话，大王现在就刀劈了我，他们是可以作证的啊！"

拥集在观看热闹的山民中就有两人走来跪下了，自报他们曾是黑老七的左右随从，他们是亲眼看见了这壮烈的场面。黑老七杀了刘松林后，即关了厅院大门，封锁了消息，所以地坑堡的别的兵卒是不知道的。待到黑老七最后死了，他们不愿再上山吃粮才回家务了农的，今日原也不来瞧这种热闹，是刘松林的哥哥特意要他们来作证的。

白朗的脸色黑沉起来，他没有再将酒端起来奠祀，也没有落下一滴泪，而是离开了那个他一直站着的高台阶，向着众山之王和他的部下喽啰走来，喃喃地说："还有我白朗不知道的人吗？还有替我白朗死去的我不该忘了的人吗？"他的样子非常地虔诚又非常地令人恐怖，当目光落在十个山主身上时，有两个山主突然脸色煞白，扑通扑通差不多一起跌倒在地昏迷不醒了。

　　酷热的夏天使所有的人都在这沉重而窒息的气氛中支持不了了，两个大王的昏厥使人群骚乱，立即有喽啰去舀了绿豆汤来灌，想这汤水灌下必会败了火气，但两个山主紧闭了双目却在高声说话了。一个说："你说呀，你快说呀！今日不说哪儿还有说的地方呢？"一个说："我怕哩。"一个就说："大王是白朗大王，不是真个白狼吃了你吗？"一个还说："我还是不说。"一个就生气了说："跟你这不出息的男人我算倒八辈子霉了！你不说我说了吧！"两人这么你一句我一句，互相不看，接应自然，又全然是夫妇口吻，有人就骇声叫道："这是鬼附身了，这是通说了！快拿簸箕桃条来盖住抽打！"那一个说着妇人腔的大王就闭目发怒了："谁要打我，我是来向大王诉冤的！"有人就问："你是谁，你要向大王诉什么冤？有冤你到县衙公堂去！"那妇人腔说："我是七星镇兴茂客店的娘子，他是我的丈夫，我们在客店时接待过你们狼牙山寨的人，是二十个人，他们说是要去打黑老七要去救白朗大王，我们夫妻白给他们酒喝白给他们肉吃，可他们天明一出店碰上地坑堡的人就打起来，他们是全被杀了，那地坑堡的人就又来到店里找我们。院子里一刀戮了我丈夫，进厨房又找我，我跳进水瓮里，头上顶着葫芦水瓢，但还是让找到了。他们说我是狼牙山寨人，我说老娘不是，但老娘看不起黑老七，他不去杀官兵却关了白朗大王，他是小牛牛！他们问我小牛牛是什么，我说是小娃的鸡巴！他们就一刀砍了我的右胳膊。我知道我不得活了，就骂黑老七，他们说再骂就砍了左胳膊！我还是骂，左胳膊就砍了。我倒地上还在骂，他们就割我的舌头，最后连奶也割了，下身也……"说到这里，另一个就说："你不要说了，我来给大王说，大王，我夫妻不是狼牙山寨的人，我夫妻是为狼牙山寨死的，为狼牙山寨死的能不能说给你大王呢？若大王不肯理我们，我们这不是死得太冤吗？如果大王能理我们，就把我们也当了狼牙山寨的人，大王奠酒那我们夫妻也能去享受一口了！"脸色更加难看了的白朗不知该怎么处置眼前的事故，他为着两个山主的突然昏厥而担心，也为着昏厥的山主怎么说出这一段全然是别人口吻的话而疑惊，他说："为我狼牙山寨死去的人，当然是有一份美酒。"此话一落，倒在地上的那一个山主便说了："娘子，你听见了吗？你听见了吗？"遂夫妻两种声调同时说道："谢谢大王！"而也是两个大王在这一时睁眼坐起来，浑身冷汗淋漓，虚弱无力，犹如干罢了一场最苦最累的活计。众人忙问是怎么啦，他们只说刚才脑子嗡地一下就什么也不知道了。

众人面面相觑而毛骨一齐悚然了，这是一场鬼魂附身的通说无疑，那么，在得胜相庆的今日，在白朗大王酒奠亡灵的狼牙山寨上，召唤来的是多少鬼魂！兴茂店的夫妻来了，而并不是狼牙山寨的人却为狼牙山寨死去的又何止这一对夫妻，会不会也要通通到来附体通说呢？众山之主和每一个兵卒喽啰都脸色蜡黄惊恐不已，便有年纪稍大的老兵急去将接收的火纸以铜钱拍打了当场焚烧，企图让到来的鬼魂得到一份阴钱而安而息。偌大的纸火蓬蓬燃烧，纸灰如万千黑色的飞鸟在漫空飘浮，并不阻止的白朗也抬起头来，久久地盯着一叶纸灰在那里方向不定地游动，最后就静落在他头上，他没有拂去。

这时候，从寨子下上来了一队人，形容憔悴衣衫破烂，领头的正是领了白朗的命令下山招收旧部的那个头目。他上得寨来被这纷乱而恐怖的场面所惊，也被白朗大王苦楚得僵硬了脸面的神色所惊，就跪下了，同来的旧部也跪下了，所有的狼牙山寨的兵卒喽啰全都跪下了，齐声叫："大王！——"

大王白朗木木地看着他们，终于趋前扶起了那个头目，问道：

"就召回这么些人吗？旧日的兄弟都不愿再来了吗？"

头目说："回禀大王，只要是旧日的兄弟，全都回来了！"

白朗说："那是三千人呀，三千呀？！"

头目说："是的，别的全都死了。"

白朗说："死了？"

头目说："我走遍了他们所有的家乡，他们是死了。有的是黑老七偷袭盐池时死的，死了三百七十人。有的是盐池战败后逃散出去，先后被官府捉住杀掉的，死了七百二十一人。有的是为了救出大王，前前后后在地坑堡周围战死的，是六百三十九人。只有三十八人没有来，他们是在救你时没有救了却伤了双腿或瞎了双目或伤势过重被人背回去实在不能行走了。"

白朗没有言语，回转过头来叫道："是我的旧部兄弟，都站过来吧！"

跪伏在地上的兵卒喽啰有一半站起来，集中到一起了。这是有千人之众，却三分之一的人不是残了手就是跛了腿，更多的则是在头上、肩上、腿上包扎了厚厚的血布。

白朗突然间头后仰向天，哈哈哈哈地狂笑了："我胜利了吗？我是王中之王的英雄了吗？"

这笑声和叫喊异常怪异，使所有的人听见了都打了一个寒噤，一身的鸡皮疙瘩暴起了。赛虎岭的十个山头的大王和黑压压一片的兵卒皆惊骇地看见在火红的如毒刺猬一样滚动的太阳下，白朗的脸色再也不是那么神采奕奕，再也不是那么唇红齿白双目若星，他一下子衰老了，头皮松弛，脸色丑陋，骤然间一动不动，遂身子慢慢摇晃着，摇晃着，最后倒在了地上，远远的那座天元寺的分裂成两柄剑状的石塔同时在一声沉闷的轰隆中崩坍了。

第三日的一个早上，一群妇女在赛虎岭最高的山梁官道上，那一眼唯一的泉水边，看见了一个人挎了短枪来，全吓了一跳，以为是遇上了一个行歹的土匪或是一个官兵，急忙匿身于草丛里。等那人走近了，却有一个胆大又能认识此人的女人尖声锐叫："这不是白朗大王吗？"

女人的眼睛是好，他正是白朗。但已经苍老得如一个朽翁的白朗大王，没有穿着那一件白色的团龙长衣，也没有那一双白色的深面起跟鞋，而是一身肮脏短服，一柄短枪并没有将皮带儿斜挎了肩头，也不别插在腰间，泥土把枪身糊了，也堵塞了枪管，在他上土坎时完全是用着一个短拐杖了。他听见呼他的名字，站住了，却疑惑地看着面前的女人。

"大王认不得我了吗？"那个女人说，"可我认识你的！你想想，当日你被黑老七铁枷绳索地押了路过前面那个山头时，有个说过你长得好，又为你献了一朵野蔷薇，遭到黑老七的喽啰踢过一脚的人。那人就是我！"

白朗想了想，想不起来，他摇开头了。

"你当然认不得我了，你是那么有名的王中之王，你又长得那么英俊，多少女子会围着你的，你是不会注意到我一个开店的半老徐娘的。"

女人说罢，放荡地笑起来，旁边的就有人说："你这是做女人的嘴吗？"女人说："我说的不是实话吗？你们谁不想着白朗大王？听说许多人家买了大王的像在家供奉，家里的女人夜里老想着，都想疯了的！"

又转向白朗说道："可是大王，我要说一句冒犯你的话，你不会拿枪打了我吧？你现在可老多了，要不是我见过你，谁还相信你就是英雄大王白朗呢？一定是大王将那么多的女人都收纳了做压寨夫人了吧！大王，你是英雄，又是英俊的男人，你真不该为了那几个狐狸精的娘儿们而将自己弄成这样，使我们从此见了你失望哩！"

白朗还是痴痴地看着这利嘴放荡的女人，却说："你提水罐吗，能给我喝一口吗？"

女人说："大王你是怎么啦，你已经走到这泉水边了，你还向我讨喝吗？"

白朗终于看见了那眼山泉，他走近去，放下了短枪，俯身趴下就喝起来。他喝得很急，连一颗有着戒印的头也没入了水里。喝毕了，站起身来，嘟嘟呐呐说着什么，又一步步兀自走远了。女人们都惊讶地看着白朗，发现白朗喝了水并没有再挎了那柄短枪，就叫道："大王，大王，你忘记你的枪了！"

白朗似乎没有听见，渐渐走远了，女人们回到泉边拾起了短枪，枪被太阳晒得焦热，烫得手没抓住溜进泉中了，但入水哧的一声冲出了一团白气，枪不见了，水底里静伏着一条黑脊梁的银鱼。原来这些女人见到了白朗，虽然白朗是老了，虽然白朗并不理睬她们，但她们想他毕竟是盖世的英雄，是英俊的男人，今生不能与他长生相伴，喝喝他喝过的泉水，就如同是和他嘴与嘴地接吻了，水喝下去也就化作他的血气了。可水里现在有了一条鱼，一摇尾将水搅浑了，且那柄短枪倏忽间又不见了。她们就疑惑了，觉得刚才是一场梦吗？

那利嘴放荡的女人就说："这不是梦也是那个人作了祟的，他哪儿会是白朗呢，白朗做了囚徒时我是见过的，那一阵他还是多么英雄多么英俊，现在狼牙山寨得胜了，狼牙山寨的大王怎么会是他那个样呢？！"

好事的女人受到了侮辱，又觉得那人窝囊可欺，就顺着白朗走去的路寻找那人出气。她们走过了很长一段山道，终在一个不起眼的崖根下的石洞，看见了那人盘脚闭目坐在里边。她们先是觉得奇怪，后明白了他果然不是白朗，是一个居止无定、炼精服气、欲得道引吐纳之法的隐人。洞斜而下注，她们不能去拉出他教训，就于洞口再一次问："你还敢说你是白朗吗？"

那人看着她们，说："是白朗呀。"

女人们的愤怒再也不能遏制了，一边将土块掷进洞去，一边大喊："你怎么是白朗？不准你是白朗！你不是白朗！不是白朗！！"

品种、招魂与家园*

* 本文系贾平凹在上海文汇讲堂的讲演。

原谅我用陕西话。陕西话可能有人不能完全听得清楚，不清楚其实对我是好事，可以遮掩我讲得不好。本来我是来上海开一个会的，没想被拉来作这场演讲。我一生有两件事不自信，不自信了大半生，一是我的个头它总不长；二是在广众中讲话，年轻时人一多讲话就脸红，前言不搭后语，现在人老了，脸红已看不出来。

要讲必须得有个讲稿。到讲稿，首先是题目，李念先生当时来电话说你先出个题目，我胡乱说了个"品种、招魂、家园"。过后一想，这个题目怎么讲呀，我根本无法讲清，真是自己给自己下了套。

为什么就定下这个题目？我那时情绪很差，好多事正让我痛苦，看什么都不顺眼。给李念先生说了这个题目后，有人劝我去终南山修行一阵吧。终南山在西安城南，并不远，双休日西安很多人都去那里游玩。

终南山确是中国很有名的山，有一个成语——终南捷径，就指的是那里的故事。终南山历来是佛道修行之地，现在仍有各种寺、庙、观、庵上千处，仍有近三千人在那里，或挂单，或自己居洞搭棚修行。我的一位老师就曾在那里学佛。这位老师在七十三岁时想到离八十只有七年了，离九十只有十七年了，生命快要结束了，就惶恐不安，夜里睡不稳，常会惊得出一身冷汗。他意识到要解决关于死的问题，要消除恐惧，建立新的生死观，就去了终南山学佛修行。

我是去了终南山，那里有许多修行人我都认识，但我没有去学佛学道，我的尘缘还深重，而是在那里转悠了几天。大自然会疗治许多病的，许多病不是体质上的，也不是外来邪气侵害，而是心理上的，大自然会让你放松，让你沉静，我的情绪也就慢慢好起来。

有人说，人生是悲苦的，还举了例子，说人一生下来首先就是哭，又说你看看周边的人，谁一生顺顺当当过？这观点的确影响到我，在生活中、工作中、写作上一受到挫折，一受到打击和遇到不如意的事，就容易悲观。这种悲观情绪伤害过我的写作，老写不出满意的作品，伤害过我的身体，曾十多年一直病病蔫蔫。

人是最易受暗示的，一旦受到暗示，就产生心理阴影，进而影响到身体，算卦是这样，诅咒也是这样。好多人就是看电视，电视里的人流泪他也流泪，好多人不能看惊悚片和关于鬼关于蛇的画面。我更是敏感体质，看电视里有炒菜，我就能闻见味道。有一个成语是"望梅止渴"，我真有感受。

我有个亲戚，有一天来告诉我，他去陵园看他爹的坟了，发现对面的一个坟前新砌了一块石碑，这石碑会影响他爹的坟，心里不舒服。听说要在他爹坟前放一块石头可以抵消这种不利的，来问我放不放一块石头。我说，你已经有心理阴影了，那你就放，而且要尽快去放。

人生是悲苦的这个观念，影响了我几十年。在我五十岁后，我想到另一个问题，就是：人生如果是悲苦的，来受罪的，为什么有那么多人来世上呢？全地球五十多亿人，都是甘愿来受苦受罪吗？为什么活着都不愿意死呢？

人到世上其实是来爱的。人来自哪里？来自爱。每个人都是在父母的做爱中产生的。活在这个世上，你所发生的一切，比如见到什么人，遇到什么事，都是对你有意义的。你见到花儿的时候，你心生喜悦，很爱花，其实花也一样喜悦，花也爱你。人是向往着美好来的，只是人来得太多，虽然太阳是无私的，它不因高低贵贱男女老少都照耀，但地方有限，食物有限，这才产生了竞争，有了恶和下贱的东西。同时太阳照耀了你也给了你阴影，你收获了麦子同时收获到麦草。

人来到世上怎么在世上生活，有的很快适应，有的为了自保而伤害同类，有的遭遇了许多事变，这就是命运。大多数的人之所以称芸芸众生，就是顺波逐澜，糊糊涂涂过了一生；有的则坚持自己意念，这种人不论其好其坏，都是要成就一番大事业的。

我一直坚信，有一些人是上天派下来给人群作指导的，历史上那些各个领域里的伟大人物都是这样。我说过，凡是一个国家、一个政党、一个集团，只要它能存在，其中必有一批人全心全意为这个国家、政党、集团做事的，他们绝不自私，绝不贪财，绝不好色。这如同一座房子有一根梁和四根柱子。我们称这样的人有雄才大略，是受命于天的，政治家有，军事家有，经济学家有，文学家和艺术家也有。

还有一种人，虽然不成就大事业，但做什么也是非常专注，成绩斐然，这就是人才。说到这儿，我有个认识，我觉得什么是好男人，一是要厚重，二是要耐烦，机巧和不全神贯注的男人都信赖不住。什么是好女人，一是长得干净，二是性情安静，长得干净就是漂亮，性情安静就能入得厨房进得厅堂。

佛家有一种说法，说长酒窝的或脖子上有痣的人要善待，这些人仁慈，用情专一，能靠得住。因为人上世时都喝忘情水的，要忘掉前世情景，而这些人不喝，宁肯在冰河里浸泡多少次，在火海里烧烤多少次才上世的。张爱玲说过蝴蝶的前身应是花，所以蝴蝶一生都在恋花。

世人的一生，都在问着我是谁呢，我从哪里来，我又将要去哪里呢。表现出来又都是蚂蚁在不停地搬动谷子草叶，草长着长着它就开花，天在周而复始地春夏秋冬，人不厌其烦地吃喝拉撒。

常有这样一句话：八百年修得同船渡。这就是说，我认识你，你认识他，大家是一块来到世上的，坐的是一个船。所以，苏东坡才说，在他眼里，上至皇帝老儿下至护院乞丐没一个不是好人。大家的年龄都差不多，都在这个船上，如果风平浪静，就是逢上了好岁月。如果这船遇到了风浪，摇晃颠簸，有人呕吐，有人扯住别人要保持不倒，有人为了船的平衡要把别人推下去，这就是说，你遇到了一个不好的渡船期，你就没逢上好岁月。逢上了不好的岁月，人的缺点就暴露了，社会就有了黑暗、丑恶、恐惧和痛苦。反过来，在如此的环境里，人也就变了，一日是佛，一日是魔，你看镜子，镜子看你，人人都可以起焰，人人又都可以冒烟。

我在《老生》后记里说，风刮风很累，花开花也疼。十几年前我在一个镇上采风，看到两个人吵架，吵得特别凶，旁边一个老人说，那两个人都有肝火病，那不是他们在吵，是两个肝在发炎。人活在这个世上，其实神也在人中，常说聚精会神，神是一般看不见的，凝聚精力才能见到神，当神不在其位，离人疏远，人就变成了一堆性器官和消化器官。当神在的时候，人冒出的烟，烟升到空中也会成为云。

那么，我们说我们身处的年代吧。这个年代，汪峰在唱：这是个最好的年代，这是个最坏的年代。为什么如此呢？因为社会正经历大转型，一方面社会为每个人提供了奋斗的平台，一方面社会又让每个人焦虑、恐惧和疯狂。

我们的船在掉头，在拐弯，又遇上了风，船肯定要倾斜。船上什么事就全发生了，而你正好在这船上。你在这船上，你当然有希望，有惊恐，你头晕呕吐，你得警觉着被人伤害，你也可能伤害别人。这就形成了你的特质。

如同有各种土地，有肥沃的，有瘠贫的，有水田有旱田，水田里能长稻禾，旱地里则长荞麦。稻禾长上来就得不断灌水，有蛙鸣，生各种虫，在扬花时怕风，成熟时怕倒伏。荞麦就耐旱，苗秆发红，开紫花，但鸟会来吃籽，野猪来吃苗。同样是饲养的，狗能看门下不了蛋，而鸡吃石子吃草叶也得下蛋，不下蛋就憋得慌。

在青藏高原上，民歌是宗教的、蓝色的，而秦晋北部的民歌是身体的、黄色的。我们生活在这个时代，以前是贫穷，运动不断，吃不饱肚子，又政治高压，很有秩序但没自由；现在市场经济了，富裕了，有了自由空间，也知道了什么是自由民主富强尊严，反倒更不满足了，追逐权力和金钱，道德沦丧，风气败坏，社会不安的危险度增高。

我们就生活在这两种环境中，构成了我们的命运，在命运中生成了我们的品种。这品种在目下发展中的国家里都有，中国尤其典型。所以我们一些所做所想，欧美人不理解，其实欧美人以前也经历过，只是这一代人不知道罢了。就拿雾霾来讲，过去伦敦是著名雾城。这好比，欧美是把房子已装修过了，而我们正在装修，装修中当然一切混乱，尘土飞扬，电锯声聒耳，油漆味刺鼻，引起四邻不满。在这转型社会期，人人都在骂，怎么形成的呢？其实每个人都参与了，风气的形成，每一个人都有责任。

这就说到文学，我们的文学也就是这品种。它要写生活，写中国人的生存状态和精神状态，里面肯定就充满了改革、奋进，同时有阴暗、丑恶、肮脏和荒唐。这个时代似乎没有史诗，到处是猥琐、破碎，是一地鸡毛，是贴在墙上的标语无法揭下，揭下就是纸屑。似乎没有崇高，一切都在消解，似乎没有纯净，而是混沌一片。

人人都在叫苦的时候，其实苦已经过去。世上真正的好东西是没人感恩的，甚至不作理会，这如同空气，人每时每刻都在一呼一吸，但你感觉这一切似乎不存在。真正有用的东西其实都不用，如原子弹，现在造了那么多，没见用过。

对于今天中国发生的事情，有说是文化的原因。人

111

的种类不同，所处的地方不同，形成了文化不同，文化又影响制约了人的思维和行为。

我常想，世界就像一座山，在这条沟岔里住着一群大动物，如狮子、老虎，在另一个沟岔里住着牛呀猪呀兔子呀羚羊呀，又在另一个沟岔里聚集了一些小动物和鸟类。欧美人如同那些老虎狮子，体格大，食肉，喜欢独来独往，平时不作声，发声就咆哮。中国人是一群小动物和鸟，繁殖快，爱吵吵闹闹。大动物是掠食者，有力量，能攻击。小动物则机警、灵活，为了逃生会伪装，身上都有毒。我们就是一群小动物，鸟类，有心机，不安静，为了逃生和为了有吃有住有名有地位，竞争起来各使一技之长，使强用狠。如果我们的文化决定了我们的思维和行为，我们就得明白我们的长在哪里短在哪里，需要继承什么改进什么。

荣格说过：文学的根本是表达社会集体无意识，作家需要去抓寻那些原始的具象。新时期文学三十年来，我们既然是这样的品种，这品种好不好、行不行，又是值得掂量的。

我们到底写得怎样，这些作品能不能行之久远，五十年后一百年后还有没有人去读去说呢？如"伤痕""寻根""改革""先锋""新写实"等等，这些思潮无可置疑对推动中国当代文学的发展繁荣起过极重要的作用，但是，这些思潮都是在思想观念上和文章写法上的一些革命。

我们惯用的作品深刻性，总是以政治的社会的价值判断；惯用的时代性，总是以阶段的主流意识要求的。对于文学本身的内部规律的讨论却并不多。

荣格的话说得早了，而且我们以前也说过类似的话，如写人人心中有的但没有说出来的东西。回想一下中外那些典型作品，如《堂吉诃德》《老人与海》《尤利西斯》《红楼梦》《西厢记》《阿Q正传》，这些作品都是表达着集体无意识，而我们没有写出来。

当代的文学，难道仍是写出了生活气息，有了几个形象丰满的人物就是好作品吗？难道歌颂或揭露批判就是好作品吗？经典作品都是有超越了这些的大维度，在这个大维度里观照的是整个世界和世界中的人，如《山海经》中的大荒。《红楼梦》说"满纸荒唐言，一把辛酸泪"，泪是社会的、人生的，荒唐是语言的、文学的。

当我们生活在这个喧嚣的琐碎的日子里，我们了解了它也了解了自己，认知了它也认知了自己，看透了，也看到了本来，从此获得写作的自由自在，如灵魂逃离了身体又观察身体，那么，文学的境界就自然而然与以前不一样了。观音菩萨是观音观世观自在，这里有个观，文学也是个观，所以王国维把他的书房叫观堂。

现在的作品，写得最多的是百年以来中国的历史。怎样写好这一段生活？陈思和先生最早提出过历史要归化于文学的话题。李敬泽先生也讲过只有历史不再是历史，当记忆不再只是个人记忆，而变成了经验、直觉和梦幻的时候，才有文学。这两位先生既是师生关系，又是当今超一流的评论家，这些话都曾是针对我的《古炉》《老生》说的。这些话反倒让我的朦胧变得清晰。

我小时候听长辈人说古经，就是讲以前的陈年旧事，讲得非常有意思，讲得使我们做孩子的上了瘾，经常是为了听古经去给人家推磨子、剥苞谷。所以，我后来觉得，当历史成了古经，成了一种故事，把这故事写出来就是文学。

三十年来，我们有太多的关于百年历史的叙写，在这些作品里，多有那些丑恶的残暴的恐惧的内容，揭露和批判是这一类作品的核心所在，这是必然和必需的。但我又有了一些怀疑，就是如果事过境迁，后人阅读，仅仅是一种社会记录呢还是能受到文学的滋养？拿我们现在阅读前人作品的需求而推断后人阅读我们的态度，确实让我们不敢得意。

对待历史，要真实去看，真诚去想，要表现出其重，又怎样在这重中变轻，如李敬泽说的，只有重才会碰到地面，只有轻才能通上天。这确实需要我们深思了再深思。

在文学叙写这个转型时代和社会的时候，摆脱不了这个时代和社会的复杂、丑陋，但文学的目的并不是呈现这些复杂、丑陋，它不是让人类绝望和自杀，而是让人更好地生活。文学在这个时候，说简单一些，从某个角度讲，就是说公道话，这种公道话是在思考，是在批判那些丑恶，是美好。

当一个人吃了饭后，牙上沾着韭菜，你就要告诉他：你把牙上的韭菜擦一擦。这样的话可能使牙上沾韭菜的人觉得难堪，但擦了韭菜却保持了他的好的形象。《黄帝内经》上讲，五脏得了病，那就是有鬼的原因。失去阳气的地方容易有鬼，鬼把人的经穴当作了房子和床。平日那地方充塞阳气，阳气一失，鬼去了，人也就病了。阳气是什么？就是魂魄，就是神气。过去民间招魂的方式很多，我小时候就被招过魂，夜里哭，不睡觉，家人在村中树上贴过招魂帖。

三十多岁时，得了病，久治不愈，家人请了法师给我禳治过，我母亲到处给我求神。现在在陕西北部农村，我去采风时，仍看到有这种招魂的仪式，尤其普遍的是用黄表纸剪些小纸人，病人睡在床上，小纸人就放在被子上、枕头下。

这个年代需要招魂，文学也在招魂，整个社会有了病，文学应该是治疗方法之一种，而文学开不了药方，却可以招魂。屈原的《离骚》就是招魂，司马迁的《史记》就是招魂，《红楼梦》也算是招魂。

招魂也存在着什么人招、怎么招的问题。在我接触的陕西北部农村的一些剪纸艺人，老一辈的艺人实际上就是巫，他们从事这种工作久了，神就附了体，他们的招魂就起作用。而这些老艺人去世后，新的艺人也剪纸，可剪出来的东西怎么看都不是那么回事。老艺人剪纸是他们生活的一部分，所剪的内容是他们对天地自然的认识，投入了巨大的真诚。新艺人剪纸只是为了美好环境，再就是借此出名或挣钱，剪出的东西一般人看了都没有冲击感，那鬼还怕吗？

现在的乡下常重新修寺庙，在寺庙里塑神像。古人塑的神像你进去后就有森然感，让你不敢大声喧哗，不敢胡乱走动，你心身都收缩起来；而新庙里塑的神像，你只觉得那是个人物雕像，没有神气。

在青海、西藏，寺外有许多玛尼石，就是在石上刻佛像，那简直是极高的艺术品，而且有了神性，可以让人顶礼膜拜。为什么呢？是刻石人在刻的时候十分虔诚，他把他对佛的虔诚贯注到了石头上。

文学也是这样，文学取决于作家的格，取决于文字背后的声音和灵魂。如果作家襟怀鄙陋，作品的境界必然逼仄，不管你是要歌颂还是要批判，全都没有作用。

当好的作品在写的时候，许多作家都有过一种情况，就是你在写作时会忘掉自己，你为你笔下的流畅和出彩感到惊讶，以为这不是你写的，是什么附了体，是谁借你的手在写，你的浑身被什么充满，鼓鼓的。我想，这种情况，就是作品诞生了神气，生命在蓬蓬勃勃形成。

真情投入，投入得专注，神自然就会归来。没有大的关怀，没有真诚，自己的品格低下、境界逼仄，你即便说是要招魂，也招不了，反倒招来的是邪气。

我读过一篇写世界杯足球的文章，文章对一些球员这样不满，那样不满，这都可以发泄，写着写着却冒出一句：你挣那么多钱，娶那么漂亮的老婆（现场转播时有看台上那些球员老婆的镜头），你这样踢球？！这就暴露了作者的心态。你写足球，写球员，你管人家老婆干啥？完全的嫉妒，好色么！

文学里常有的调侃、戏谑、轻薄的腔调，也和这个文章是一样的。招魂的目的是回家，身有家，心也有家。尤其心要有家，心若没家，身就等于没家。这个社会，人人都在路上，都心里空虚，都恐惧，做任何事都是在找神寻家。

我还能讲些什么呢？我无法讲了。许多问题我能意识到，但我讲不清。我在写这个稿子时，写到这儿突然觉得我写的没意思了，就不写了。那我也就在这里结束我的讲话，把更多时间给陈思和先生讲。他每次讲话，我都喜欢听，肯定大家也喜欢听。谢谢。

沈
从
文
的
文
学

*

＊本文系贾平凹在西安建筑科技大学的讲演。

中国的作家是从来不缺乏天才的，比如李白、苏东坡、曹雪芹、鲁迅，这样的名字可以列一大串。正是因为有他们存在，中国的文学才立于世界文学之林。他们留下了一份遗产和一份光荣，才使我们后人在面对西方文学时不至惶恐和自卑。学中文的人，搞汉语写作的人，我们必须了解他们的人生，熟读他们的作品，这是最最基本的学业修养。但天才作家的作品，我们只能神灵一般地敬奉他们，而无法复制和模仿，因为他们的写作无规律可循，常常是不从事写作的人读了他们的作品感觉自己也可以写作，而从事写作的人却觉得不会写作了。今天我讲另一个天才作家，那就是沈从文。对于沈从文，大家可能没人不知道吧，关于他的话题大家可能听过了许多吧？我要讲的依然不是他作品的具体分析，还是我刚才说过的，天才作家只能受其启示而不可仿制，正如天才画家齐白石说过的，似我者死。伟大的作品都是看起来似乎非常平易，似乎人间就真有那些故事，不是笔下写出来的，是天地间原本就存在着的，这又如同一些科技发明，是上帝借某某某之人带到人类社会的。牛顿故居的墙上有人写着这样一首诗：自然和自然规律隐藏在黑暗中，上帝说，让牛顿去搞吧，于是，一切就光明了。天才的作家也是这样。我们读《红楼梦》，读《西游记》，读《聊斋志异》，你能感觉那是在编故事吗？你不觉得真真实实有那么一段生活吗？你能认为那是在运用什么技巧吗？世界名牌服装，都是那么简洁，只有小裁缝们做衣裳才费尽心机，在领口上做花边，在袖头上绣饰物。盆景是精致的，大山上的草木和石头不需要布置。如果分人才、怪才、天才，人才是学成的，怪才是出绝招的，他太注意突出自己的不同一般，太刻意，气量就狭小，而天才一切都"蹈大方"，他是整体的，静水深流，看似平和，如水一样，谁都可以进去，进去就淹死了，是未为奇而奇。

先说沈从文的生平。为啥要说他的生平，这是因为

124

什么生存状态决定什么人，什么人写什么文章。火而有焰，文是人的精神之光。研究一个作家，必须先研究他的生平。世上有许多作家，我们能不能学他，能不能学到他，只有研究他生成的原因，才能得出结论。肉是好东西，我也承认，但我是素食主义者，这肉对我是不贵重的。为什么有的作家对你有感应，有的则没有呢？道理就在这里。我讲一个例子，有一个画家带学生，要学黄宾虹，先是什么也不教，也不让临摹，而是半年内熟知黄的身世，生活习性，甚至穿类似黄穿过的衣服，让学生自我感觉自己就是黄宾虹，然后再接触黄的画，学他的技法，竟然进步神速。再举例子，我先前喜欢川端康成，搞不清他为什么能写出那样的小说，就寻他的所有资料，才明白日本的川端康成作品之所以阴郁，是他从小失母，身体多病，孤独敏感，也以此，寻找我能不能学他，哪些东西与我的气质有关，哪些东西我无法学习。

沈从文一九〇二年出生于湘西凤凰。凤凰地处于川、湘、鄂、黔四省交界，多民族杂居，现在是著名的旅游胜地，当然人们去那里旅游有沈从文故乡的原因，但那里自然风光非常好，就是说那里的风水好。中国有古话说"得山水清气"，说"地杰人灵"，那是有道理的。穷山恶水是产不了佳木的，平原上的树多横长，深山的树多高直，戈壁滩上长的是骆驼草，太白山顶上的树只有一人高。沈从文的祖父是大将军，曾率领当地的一支军队随湘军攻打过太平军，也曾任贵州的提督。但死得早，祖母是苗族，没儿女，将祖父弟弟的二儿子过继了，这就是沈从文的父亲。父亲也是一个镇守边关的大将，一九〇〇年八国联军攻陷了天津，其父解甲归田，母亲是土家族，回到凤凰第二年生下沈从文。沈从文十四岁入地方行伍，当过卫兵、班长、文件收发员、司书等。二十岁的时候，独自到北京寻找发展，如当今的"京漂族"。他考了无数的大学，没有考上。外语不行，一口湘西土语，交际受障碍，在北京混不下去，就又返回家乡当兵。但在队伍中领伙食费时，又改变了主意，离开了队伍，又到北京谋生。这时他开始写作投稿。在这期间，因投稿屡屡不中，生活极度困难，临时当过图书管理员、报社编辑，再后因作品发表，逐渐声名起来，到私立大学教书，以至最后任教到北大，从此成为名作家、名教授。这就是他前半生的经历。

他前半生的经历决定了他作品的一切基调。他的后半生，变化更是巨大，但没有再从事文学写作。后半生我在后边再讲。这前半生的经历可以概括这么几点。一是绮丽的自然山水赋予了他特殊气质，带来多彩的幻想。二是民族交混，身上有苗、汉、土的血液，少数民族在长期受压历史中积淀的沉忧隐痛，使他性格柔软又倔强，敏感又宽厚。三是出身于地方豪门大户，经见得多，又生活丰实，看惯了湘兵的雄武以及各种迫害和杀戮的黑暗。四是在写作初期受尽艰辛，培养了"安忍静虑"的定力。他的前半生的经历完全成就着一个作家的要素。什么样的人可以当作家？可以说有各种各样的，如托尔斯泰是贵族，如司马迁受过屈辱，如屈原不被重视，如曹雪芹经历了繁华与败落。一般情况下，小时受过磨难多的人容易成为作家，因为磨难多，人情炎凉就体验得多，而文学就是写这些的。胸中要有想说的话，有悲痛，有郁情，有悲绪，不吐不快，不说不行。艺术都是情绪的东西，有社会情绪和个体生命的情绪，如结合到一起，写出来就是好作品。任何艺术也都有个情绪在里边。如李商隐说，"春蚕到死丝方尽，蜡炬成灰泪始干"，那不是凭空说的，一定有对象，只是他死了，谁也不知道。好作品的产生就是这种情绪的产物，传达的是社会情绪和个体生命情绪的统一。现在有人写作品是为了发表，为写而写，当然出不了好作品。古人说：读万卷书，行万里路。古人的行万里路，那时交通不便，骑个毛驴出走，一路上风雨冰雪，一路上不知吃在何处投宿哪里，有狼虫虎豹，有强盗蟊贼，他的体验是生命的体验。如果现在坐飞机旅游，一两个小时就到一地，这个城市和那个城市大致一样，吃喝不愁，你就是行十万里，也没有多少体验的。我再讲几个小例子。沈从文的《湘西散记》里写了他大量的少年生活，他是生活在多民族的环境中，又是地方豪门大户，那里孔孟的东西少，自然的、野性的东西多，他不受约束，生命是活泼的、天真的，所以长大以后做人没顾忌。他曾经和丁玲有过矛盾，他到北京后因丁玲也是湖南人，声名也大，与之交往，感情真挚，丁玲入狱后他听到丁玲死了还写悼念文章，但后来两人发生误会，误会是因别人流言所致，丁玲怨恨他，他也不申辩，默默隐忍着。他在京最困难的时候，冬天很冷，在一个仓库里写作，没有火取暖，衣服单薄，郁达夫去看他，把围巾送给了他。他投稿屡投屡退，当时《晨报副刊》的主编是孙伏园，一次编辑部会上，孙搬出一大摞他的未用稿，说：这是某某大作家的作品。说完扭成一团，扔进纸篓。他到上海吴淞中国公学教书后看上了张兆和，张兆和是一个美女加才女，他爱得不行，给人家写求爱信，张却看不上他，把信交给了校长胡适。胡适说：沈从文能给你写信，这是难得的好事呀！后来经胡适尽力撮合，他们才结了婚。新中国成立初期，沈从文境遇极度不好，夫妻关系不好，但他一直深爱张兆和。他有一个单独的学习写作的房子，每天带点熟食一早去，晚上回来，这样的生活一直十多年。我是没有见过沈从文的，当年一个朋友去北京见过他，回来说：老头像老太太，坐在那里总是笑着，那嘴皱着，像小孩的屁股。我告诉说那是他活成神仙了。有一个很奇怪的现象，凡是很杰出的男人，晚年相貌都像老太太。我说这些是什么意思呢？说明沈从文不是个使强用狠的人，不是个刻薄刁钻的人，他善良，温和，感受灵敏，内心丰富，不善交际，隐忍静虑，这就保证了他作品的阴柔性、温暖性、神性和唯美性。

现在分头说说他作品的这几方面特点。

沈从文真正创作的时间并不长，从一九二四年至一九四九年，总共二十五年左右，人不到五十岁就停止了。"五四"时期那一批作家，一九四九年后创作基本上就停止了，也都是五十岁左右。拿陕西来说，柳青、杜鹏程等也是四十岁左右，"文革"开始了创作也就停止了。沈从文二十五年时间作品结集八十多部，是现代作家中成书最多的一个。人们熟知的，比如《柏子》《龙朱》《阿黑小史》《月下小景》《边城》《长河》《湘西散记》等。

说他的阴柔性。他的作品有一种忧郁气质，有一种淡淡的伤感基调。作品的题材都是社会下层的士兵、妇女、小职员的日常人生，即便写妓女也都是低等妓女。在他写作的年代，国家破碎，民族蒙难，鲁迅在写《彷徨》《呐喊》，茅盾在写《子夜》，巴金在写《家》《春》《秋》，还有柔石那一批作家，还有延安边区那一批作家。而沈从文的作品似乎并没直接涉及当时的风云。换句话说，他不是政治性强的作家，他的作品没有成为政治宣传品，不是匕首和投枪，他也不是战士。没有直接写政治，写社会问题，使他的作品不阳刚，也因此不僵硬。当他初冒出来的时候，以别样的生活、别样的色彩惊动着文坛，成为京派作家的一员大将，但他在那个时候不可能成为旗手，以至于后来政治性的、社会问题性的、大题材性的东西占领了中国文学，沈从文便渐渐边缘化，受到了漠视、排挤和攻击。一九四九年以后，虽有种种原因他退出了文坛，可以说，即使他还在文坛，他也是写不出来的。而文坛有这样的情况，人人都知道他是个诗人作家，任谁也不知道他写了什么诗什么小说，这样的人往往在文坛混得最长。我在"文革"后期，有一天去图书馆翻到他的一本书，那是我第一次读他的书。书是丛书，序言由别人写的，序言中说他如何有才华，文笔如何好，但有一句话我记得清楚，就是：他只能算二流作家。但我那时不知道沈是谁，非常喜欢读他的作品，后来一本书上收他的一个作品，我还给出版社写信，要求多收他的作品，又过了多年，他的文集才出来。我一直说过这样的话，作品必须经过五十年的考验，如果五十年后有人还在读，那就是好作品。五十年后沈从文怎么样呢？沈从文成了中国现代文学超一流作家，成了作家和从事文学工作者的必修课。为什么呢？文学有文学的规律，文学就是写人性的，脱离了写人性，而将文学当作政治的宣传品，你轻视着文学规律，文学最后也就抛弃你。近五十年后沈从文的浮出，是中国文学观的改变，可以说，对待沈从文的态度变化，是二十世纪中国文学的心路历程。这一点，我们一定要记住，文学一定要遵循文学规律，文学不是政治宣传品。以政治观念写作品，即使一时红火风光，最后也是一无所有，而文学不作御用，有人又写成揭露、暴露、黑幕性的作品，思维上和御用一样的，同样最后一无所有。江苏有一个清代的驿站，墙上贴有接待乾隆帝的仪程，皇帝来了，送当地特产，还有一条是请诗人献诗，我看后心中特别悲哀。我写过一个中篇《艺术家韩起祥》，就写了一个艺术家如何一步步变成政治宣传品，最后悲凉地死去。这就牵涉出了作家与政治的关系问题，中华民族是一个苦难的民族，因为苦难，文人的政治情结就浓，所以有"铁肩担道义，妙手著文章"之说，伟大的文学作品既要关注现实，又要追问人的本身。讲政治要讲大政治，关注和追问的就是大政治。

他的温暖性。善良而宽宏的作家才能写出温暖的作品。沈从文写下层社会的日常人生，同时期老舍也是写下层社会的日常人生，两人都是伟大作家，但老舍的眼光是批判的眼光，以一个改革者的眼光来看待人性，而沈从文以温和的心境，尽量看取人性的真与善。对人性真与善的关注和肯定，集中体现于他笔下女性形象的塑造。我们姑且不论其长篇、中篇，即使那些短篇，比如《柏子》和《丈夫》中的妓女都是那么可爱、可怜，读完让你心跳和叹息。作品的温暖性，可以使作品有慈爱心。我有这种体会，小时候家境不好，父亲从学校带回一点吃食，当我们兄妹四人在那里吃的时候，他就静静地坐在那里看着我们吃。我做了父亲后，每当弄些好吃的带回来给孩子吃，我也是坐在对面看着，我体会到一个做父亲的那种感觉。读沈从文的小说，我就想到父亲的神情，我感觉沈从文对他的人物就是这种神情。作品的温暖性，更使文笔优美，没有生硬尖刻，没有戏谑和调侃，朴素而平实，幽默也是冷幽默。他不是刻意要批判什么，作品里看不出谁是坏人，谁是好人。一切都是温情，他表现悲剧现实，如果在作品里人是好坏分明的，那就不是好作品。《红楼梦》贾、林的悲剧是谁制造的呢？是贾母，是宝钗，是宝玉，是黛玉？好像都有，又都没有，是社会的悲剧，是人人都有份制造的悲剧，但你又不能怪哪个人。又如"文革"，是谁的责任？毛主席？走资派？造反派？好像是又好像不是，是全部的中国人都参与的悲剧。

说到神性，好小说都是有神性的，也就是有精神的。作品要讲究维度，要提升精神层面。有的作品是政治传声筒，这是令人反感的；有的是把人物作为背景，去研究一个个具有当下性的社会问题，这是讨厌的；有的以观念写作，全文就为着演义又一个观念，同样面目可憎。现在有许多作品，写现实，不应称之为现实主义，没有精神的现实作品不是现实主义作品。沈从文写的下层社会人的日常生命状况，就是他所探寻的是关于人的最为根本意义上的爱、真、美，他的小说才具备了生命力。他有一句名言，说他的作品是建一个希腊小庙。通过对淳朴的爱恋和风土人情的描摹，营造一个特殊精神空间，这个精神空间与作者所身处的特性空间形成强烈对照，这精神空间就是"希腊小庙"，庙里供奉的是一种充满人性和神性的爱。一方面是经营希腊小庙，一方面现实却是人欲横流，红尘滚滚，这样就必然产生孤独和悲凉，他的作品又温馨又哀伤是自然而然的。我画莲喜欢画出藕、茎和花，莲花就是藕的精神之花，这朵花是艳丽的、洁净的，艳丽和洁净得又无比哀伤。佛的眼是微闭的，佛的态就透着这种味道。沈从文这一点，我们在读他的书时，一定要体会。我们写作为什么得有这种神性，精神空间为什么缺乏，而他又是怎样寻找怎么处理和完成这个精神空间的？

再说唯美性吧。中国作家历来分两类，一类政治性强，大题材，大结构，雄浑刚健，这类作家和作品弄得好当然好，而且在当代当红，弄得不好就极其不好，作品寿命极短。另一类讲究文体，讲究艺术，讲究语言，讲究气韵。当然弄得不好，影响大气，沦为柔弱和矫情。但这类作家的作品寿命长，他的文字至老都好，即便留一个便条都有味道。举个例子吧，现代作家废名是唯美的，沈从文向他学习过，他的作品特别讲究，太讲究的就冷僻、孤寂，失去大气。古诗人贾岛如此，废名也如此，而沈从文学废名脱于废名，他作品的气是向外喷的。孙犁的荷花淀派之所以后继无人，就是后学者气小了。唯美性的作家作品有一个很重要的特点，艺术感觉好，文笔美，善于运用"闲话"增加韵味，我比喻为往水面上抛石子，有人抛一个石子，咕咚就沉水了，有人的石子在水面上连打水漂。（举《柏子》的一些句子。）他们反复叙说一件事，文笔独思妙想，有无尽的细节，这需要感觉和想象。沈如此，张爱玲也如此。大家可以读沈《龙朱》。（这里不能具体分析。有许多东西靠自己去悟，没有悟性，那就不是干这行的料了。）

下面，我谈谈沈从文给我们的启示。

一、成功的作家，必须有天生的一份文学才能，这份才能不是学校能培养的，它是大自然的产物。只要他胸中有文学，一经开发就有文学作品，若胸中没有，后天的努力也只能成就一般。知识并不等于智慧，而智慧就是悟的积累。在日常生活中悟一些道理，逐渐积累，洞彻天地自然的规律。大师都是悟道的，有的是顿悟，豁然洞开，有的是历经无数劫难渐悟的。张爱玲讲"发展自己的天才"，只要你感觉你在这方面有才情，你就好好去发展。

许多写作人初期都询问：自己是不是这方面材料，最后能不能成功？别人是无法回答，自己有感觉，这如同端来一碗饭，你会感觉自己能不能吃下。说这样的话，不是要打击一些初学文学的人，我强调的是悟性，作家必须靠悟，有一句话："读书不求甚解"，是说可以不完美，但得从这一点悟出那一点，所以作家不一定学历多高，沈从文没上过大学，张爱玲没上过大学，鲁迅是学医的，现在理工科学搞文学都比学中文的写得好，思维广阔，学文的最害怕学死。

二、文学是人学，应该写出人的理想，写出人对自身的追问。这是正道，也是唯一的道。所以，在中国这个政治性特强的国度里，一定要建立文学观，否则一时红火，得名取利，都是最后悲伤的。中国作家，有人是在政途上失意后转入文学，有人以文学作为跳板进入政途，有人说是搞文学，经不住一个科长职位的诱惑，这些都不是真正弄文学，也可以说不是能在文学上成事的人。沈从文理没几十年，是海外重视而影响国内的，也是社会进步后对文学重新认识的。当年沈从文无法搞文学，转向文物研究，他经手过瓷器、铜器、玉器、漆器、绘画、家具、绸缎一百万件，当讲解员几十年，接待三十万人次，写了《中国丝绸图案》《唐宋铜镜》《明锦》《战国漆器》等，他"隐忍不动，犹如大地，静虑深密犹地藏"。但是金子终究发光，古镜愈磨愈亮，当夏志清在海外大力宣传他，海外汉学者以研究他而获得博士学位，他终于文物出土。他同张爱玲、钱锺书浮出后，一直还有争议，同辈人对他有非议，那是忌妒。文坛也很恐怖，文学是马拉松运动，同辈人是压不住的，现在年轻作家力捧沈从文就是证明。

三、社会复杂，文坛亦复杂，各色人等，当人境逼仄的时候，精神一定要浩渺无涯，与天地往来。人要高贵，作品立意要高贵，这种高贵不是你去当官，得势。中国是根深蒂固的官本位国度，一当官什么都好，所以文坛上为当个官争破头。昨天，一个书法评论家到我那儿，说起现在书画为什么那么热，本来书画是极少数人的事，我说，如果排除经济利益，你看还有几个人爱书法、绘画？所以，当你受到不公平待遇，你可以不反抗，但你要隐忍，要静水深流，靠作品说话。

对于沈从文，任何人讲都无法讲清，真正要了解他，认真谈他的作品，品味他的一段一句一字，悟出沈从文为什么是沈从文，悟出沈从文能不能同自己有感应。你只有感应了，你才能学到他许多东西。

贾平凹小传

姓贾，名平凹，无字无号；娘呼"平娃"，理想于顺通；我写"平凹"，正视于崎岖。一字之改，音同形异，两代人心境可见也。

生于一九五三年二月二十一日。孕胎期娘并未梦星月入怀，生产时亦没有祥云罩屋。幼年外祖母从不讲甚神话，少年更不得家庭艺术熏陶。祖宗三代平民百姓，我辈哪能显发达贵？

原籍陕西丹凤，实为深谷野洼；五谷都长而不丰，山高水长却清秀，离家十年，季季归里；因无"衣锦还乡"之欲，便没"无颜见江东父老"之愧。

先读书，后务农，又读书，再弄文学；苦于心实，不能仕途，拙于言辞，难会经济；捉笔涂墨，纯属滥竽充数。

若问出版的那几本小书，皆是速朽玩意儿，哪敢在此列出名目呢？

如此而已。